Qash

Diane Neisius

Qash

Roman

Bibliografische Information der Deutschen Nationalbibliothek:
Die Deutsche Nationalbibliothek verzeichnet diese Publikation in der
Deutschen Nationalbibliografie; detaillierte bibliografische Daten sind
im Internet über http://dnb.dnb.de abrufbar.

Cover erstellt unter Verwendung von gemeinfreien Vorlagen,
Quelle: Wikimedia Commons. Credit Hintergrundbild: NASA/ESA

Verlag: BoD · Books on Demand GmbH, In de Tarpen 42,
22848 Norderstedt
Druck: Libri Plureos GmbH, Friedensallee 273, 22763 Hamburg

ISBN: 978-3-7693-0457-2

Dämmerung

Q'Kara liebte es, in der Morgendämmerung allein hier oben auf dem Hügel zu sein. Der Silberstreif am Himmel im Osten vergrößerte sich und wurde fahlblau. Die Sterne begannen zu verblassen, und die Silouetten von ein paar späten nächtlichen Wolkenstreifen versprachen ein interessantes Morgenrot. Sie war eine Qash, ein Wesen der Nacht, und deshalb waren Morgen- und Abenddämmerung die einzige Zeit, in der sie die Welt und ihre Farben im Hellen sehen konnte. Wesen ihrer Art mieden das Tageslicht. Nicht, weil sie im Licht der Sonne zu Asche zerfielen oder in Flammen aufgingen, wie manche der vielleicht nur neidischen Nachbarvölker behaupteten. Sie waren einfach vollständige Albinos, die den heftigsten Sonnenbrand bekamen, wenn sie ungeschützt in der Sonne saßen, und das vermieden sie natürlich. Qash, die am Tag unterwegs sein mussten, versteckten sich in den Falten der dicken schwarzen Umhänge mit einer weiten Kapuze, an der man sie schon von weitem erkannte.

Q'Kara hatte die Kapuze zurückgeschlagen. Der frühe Morgen war eine der seltenen Gelegenheiten, an denen sie den Wind in ihren weißen Haaren spüren konnte. Im langsam zunehmenden Licht blickte sie auf den kleinen Hof und die Ländereien, die ihr Lehen waren.

Qash waren in dieses Land gekommen, um einen Handel abzuschließen. Die Bewohner waren unzufrieden mit den Jarlen gewesen, die die einzelnen Dörfer beherrschten und ständig im Streit miteinander lagen. Die Neuankömmlinge hatten den Eindruck großer Weisheit gemacht und dem Volk auf dem Thing angeboten, *lasst uns herrschen. Wir einen das ganze Land Nedellon, schützen euch vor Feinden und lehren euch, wie man ein besseres und gesünderes Leben führt. Alles, was wir dafür von euch verlangen, ist Milch.*

Denn das waren es, wonach es diese Wesen der Nacht in Wahrheit verlangte. Natürlich behaupteten manche, sie würden ihren

Untertanen das Blut aussagen, wenn es erst soweit war, oder sie seien Dämonen, die Seelen der Menschen von Nedellon stehlen und fressen wollten, aber das stimmte nicht.

Ein paar Jahre lang konnte sich das Thing bei seiner jährlichen Versammlung nicht einigen. Die Qash blieben als Gäste und tauschten manch gute Ratschläge gegen ein paar Liter Milch ein. Blut wurde niemand ausgesaugt. Das zeigte seine Wirkung. Schließlich nahmen die Menschen von Nedellon das Angebot der Nachtwesen an.

Q'Kara war nicht die erste Lehnsherrin des Rosenhofes. Lehnsherr wurde man meist nur für eine Übergangszeit von ein paar Jahren. Aber hier gefiel es ihr, und so war sie länger geblieben als üblich. Die Ländereien waren nicht sehr groß, konnten eine kleine Familie aber ernähren. Das meiste davon waren Weiden für die Kühe, nur auf einem der Felder säte die Bäuerin mit ihrem Sohn zusammen Getreide aus. Das und der Gemüsegarten unter den Obstbäumen hinter dem Haus ernährte sie. Die Milch der beiden Kühe im Stall ging gänzlich an die neuen Herrscher des Landes.

Es wurde jetzt heller, die Sonne kündigte sich durch den goldenen Widerschein ihres Lichtes auf den letzten Wolkenstreifen an. Die Frau schlug ihre Kapuze hoch und machte sich zurück auf den Weg hinunter zum Hof. In einem der Fenster hatte sie eine Bewegung gesehen. Maja war sicher schon aufgestanden, um die Tiere zu melken, bevor der Milchtransport eintraf.

Sie roch den Boten, noch ehe sie ihn sah. Die Lehnsherrin mochte Pferde nicht, und da Qash den sprichwörtlichen Geruchsinn eines Jagdhundes hatten, fiel ihr das unangenehme Aroma sofort auf.

Es war Q'Tanas, einer der jungen Krieger der Nachtwesen, der fast zugleich mit ihr den Hof erreichte.

„Seid gegrüßt, Herrin", sagte er knapp und stieg ab, um an dem mitgeführten Lastesel die noch leeren Milchkannen loszubinden.

„Hallo Krieger", grüßte die Frau zurück. „Maja ist schon eine Weile beim Melken, sollte gleich fertig sein. Irgendwelche Neuigkeiten?"

„Ja, die gibt es." Der Mann stellte die Gefäße auf den Boden und kam zu Q'Kara. „Die Lehrer verlangen, Euch zu sehen. Das soll ich Euch wissen lassen. Sie haben nicht gesagt, warum."

„Kann ich mir schon denken." Die Qash lächelte. „Ich habe mich eine ganze Weile nicht mehr dort blicken lassen. Sie wollen mir wahrscheinlich sagen, dass ich lange genug hier war. Mal sehen, ob ich sie überzeugen kann, mich noch ein klein wenig länger bleiben zu lassen."

„Zumindest war es länger, als ich Botendienst machen muss", entgegnete der Mann freundlich. „Der Bau des Refugiums schreitet voran. Sie errichten schon den Dachstuhl auf dem Ostflügel."

„Oh. Das muss ich mir natürlich unbedingt ganz genau ansehen."

Beide lachten in dem Wissen, das die Lehnsherrin nur kurz in der Hauptstadt des Landes bleiben würde.

Maja kam aus dem Stall, beladen mit zwei großen Krügen. „Dreieinhalb Liter heute für Euch, Herr", rief sie dem Boten zu, ehe sie bemerkte, das Q'Kara bei ihm stand. „Guten Morgen, Herrin", setzte sie schnell hinzu. „Das ist natürlich abzüglich der Menge für die Lehnsherrin."

„Ja, so ungefähr wie immer." Q'Tanas wandte sich wieder seiner Gesprächspartnerin zu. „Also, Ihr wisst Bescheid, Herrin", erinnerte er sie an die Nachricht.

„Ja, ist gut, ich werde kommen. Schickt jemand her, der mich ein paar Tage vertreten kann, dann komme ich in die Stadt. Nächste Woche."

„Gut", erwiderte der Mann und machte sich daran, die gefüllte Kanne wieder an dem Lasttier zu befestigen. „Ich muss mich beeilen. Habe noch zwei Höfe abzuholen, und es ist schon spät. Die Milch wird ja nicht umsonst in der Morgenkühle transportiert."

„Gute Reise." Q'Kara hob die Hand, während der Mann schon wieder auf sein Pferd stieg.

Die Frau, die das Gespräch halb mitbekommen hatte, stand in der Haustür und sah ihre Herrin fragend an.

*

Maja schlüpfte zu ihrer Lehnsherrin, die sich für den Tag zur Ruhe begeben hatte, noch ins Bett. Das war so seit dem Winter, der in diesem Jahr besonders kalt gewesen war und sie sich gegenseitig hatten wärmen müssen. Allerdings hatte die Bäuerin diese Gewohnheit mit dem Ende der Kälteperiode nicht aufgegeben, und Q'Kara hatte es stillschweigend zugelassen.

Die Frau schmiegte sich an den bleichen Körper der Qash an. Sie war unruhig, als beschäftige sie etwas, und das Nachtwesen ahnte, dass es nicht so bald Schlaf bekommen würde.

„Was ist", fragte sie ihre Untertanin.

„Ich habe etwas gehört, Herrin, als Ihr vorhin mit dem Boten gesprochen habt…"

„Und was?"

„Werdet Ihr fortgehen, Herrin?", fragte die Frau leise, als fürchtete sie die Antwort.

„Maja, auch ich habe Herren, und die möchten mich sehen", erklärte sie. „Es ist nur für ein paar Tage. Jemand anders von uns wird hier in dieser Zeit nach dem Rechten sehen."

„Ach so." Es klang erleichtert.

„Möchtest Du nicht, dass ich fortgehe, Maja?"

„Nein." Die Stimme der Bauersfrau wurde noch leiser.

Eine Weile blieb es still, und Q'Kara fragte sich, warum sie das alles unausgesprochen erlaubte. Zugegeben war es etwas angenehm, nicht allein einzuschlafen.

Schließlich fasste ihre Untergebene sich ein Herz und erklärte: „Herrin, ich möchte nicht respektlos sein... gibt es noch einen anderen Dienst, den ich Euch vielleicht leisten kann?" Und bei diesen Worten legte sie nach kurzen Zögern ihre Hand auf den weißen Bauch der Qash.

Die Lehnsherrin runzelte die Stirn. Was meinte die Frau? Die bloße Berührung verwandelte sich in ein vorsichtiges Streicheln, das sich langsam auf die Brust zubewegte.

Ach so...!

„Maja, das ist lieb von Dir. Aber wir Nachtwesen haben solche Bedürfnisse nicht mehr", erklärte sie sanft.

„Das wusste ich nicht". Die Hand zog sich schnell zurück.

„Allerdings kommt mir gerade der Gedanke, dass Dich ja vielleicht ein Bedürfnis quält. Weißt Du, ich war einmal eine Frau wie Du. Ich erinnere mich noch daran, wie es gemacht wird."

Eine Weile blieb es still, ehe die Frau antwortete. „Nein, es geht schon. Ich möchte das so nicht."

„Gut."

Wieder blieb es eine Weile still. Q'Kara verstand sich selbst nicht. *Warum drehe ich mich nicht einfach um und schlafe ein*, dachte sie.

„Darf ich etwas Persönliches fragen, Herrin", meldete sich die Bauersfrau noch einmal zaghaft zu Wort."

„Frage mich."

„Habt ihr Herren untereinander nie... ich meine, miteinander..."

Q'Kara kicherte bei dem Gedanken.

„Nein. Haben wir nicht. Wir vermehren uns auf andere Weise, da ist das nicht notwendig. Wahrscheinlich haben wir deshalb keine Lust mehr darauf", erklärte die Qash ohne Strenge in der Stimme. Sie musste unwillkürlich in der Dunkelheit lächeln.

„Schlaft jetzt, Herrin", erwiderte Maja statt einer Antwort und wälzte sich nach einem dahin gehauchten Kuss auf die Schulter aus dem Bett. „Mein Tagewerk wartet."

Und sie zog sich rasch an und verließ das Schlafgemach.

Tagesgeflüster

Der Lehnsherrin fiel eine kleine Veränderung nicht sofort auf. Maja lächelte nun, wann immer sie ihre Herrin ansah. Allerdings kam es erst am Ende des übernächsten Tages dazu, dass die Beiden wieder miteinander über private Dinge sprachen. Die Bäuerin schlüpfte an diesem Abend etwas früher zu Q'Kara ins Bett.

„Na, schon wach?", flüsterte sie, so leise sie konnte.

„Mhm", kam die Antwort. „Was willst Du denn um diese Zeit?" Die Qash war noch sehr verschlafen.

„Die Sonne geht gleich unter. Und wenn ich darf, möchte ich gerne noch etwas wissen…"

„Wissen schadet nie." Das Nachtwesen gähnte herzhaft und räkelte sich unter den Decken. Schließlich öffnete sie ein Auge und sagte: „Worauf bist Du denn neugierig?"

„Eigentlich sind es zwei Dinge." Wie immer zögerte Maja etwas, vielleicht aus Respekt vor der Höhergestellten. „Ihr habt gesagt, dass ihr einmal eine Frau wie ich wart. Und dass ihr Herren euch anders vermehrt."

„Und Du möchtest natürlich wissen, wie." Q'Kara lächelte und rieb sich den Schlaf aus den Augen. „Qash geben die Saat weiter, wenn sie jemand dafür als geeignet erachten", erklärte sie.

„Und Ihr wart geeignet, Herrin", stellte die Frau fest. Sie schmiegte sich eng an den weißen Körper an.

„Na, nicht, dass ich das erwartet hätte. Ich war zu der Zeit bei den Räubern oben im Wald auf dem Buckelkopf", erzählte die Lehnsherrin. „Die Qash waren noch nicht lange da und dabei, im Land Ordnung zu schaffen, und eines Tages beendeten sie das Räuberunwesen. Eine Herrin bemerkte mich und stellte mich vor die Wahl, mit den anderen am Galgen zu enden oder mich ihnen anzuschließen. Die Entscheidung war nicht schwierig."

„Ihr wart eine Räuberbraut, Herrin", antwortete Maja und versuchte ein Lachen zu unterdrücken. Es gelang ihr nicht.

13

„Ich war Räuberin. Das ist nicht dasselbe wie eine Räuber-braut", stellt Q'Kara streng fest, und etwas sanfter fügte sie hinzu: „Aber das ist alles lange her. Da warst Du noch nicht einmal geboren."

Die Bäuerin verstummte abrupt und sah die Andere forschend an.

„Wie alt seid Ihr denn, Herrin", fragte sie schließlich vorsichtig.

„So alt, dass ich eigentlich als zahnlose Muhme hinter dem Ofen sitzen und auf meine Urenkel aufpassen sollte", erklärte das Nachtwesen. „Aber ich habe die Saat angenommen und bleibe jung."

Die Menschenfrau keuchte vor Überraschung, als sie das hörte.

„Dann... dann werdet Ihr nie sterben, Herrin?", fragte sie.

„Ich kann sehr wohl sterben. Wenn mich der Speer eines Lazar trifft, oder ich im Wasser untergehe, oder wenn ich keine Milch oder keine Luft mehr bekomme, dann werde ich daran sterben. Aber nicht an Alter oder Krankheit. Niemand von uns muss das."

„Auf die eine oder andere Weise werdet Ihr also fortgehen. Irgendwann", stellte Maja fest. Es schien sie traurig zu machen.

„Aber noch nicht so bald", antwortete Q'Kara. „Wie auch immer, der Abend dämmert. Ich muss mich um ein paar Dinge kümmern. Hab keine Angst."

Und zum ersten Mal sah die Bäuerin ein Lächeln in dem weißen Gesicht der Qash.

*

Das Gespräch wurde am folgenden Morgen fortgesetzt. Nachdem die Milch an den Boten abgeliefert war, gingen beide Frauen wie in stummer Übereinkunft in das Schlafgemach.

„Ich dachte mir schon, dass Du noch mehr wissen willst", begann Q'Kara diesmal, als die Beiden in traulicher Zweisamkeit unter der Decke lagen.

„Oh ja. Erzählt mir, wie die Herrin euch ausgesucht hat."

14

„Ach, das ist nichts Besonderes. Ich war ein wildes junges Ding unter dem Raubgesindel. Die Qash kamen natürlich bei Nacht. Sie waren schnell und lautlos, und ehe die Räuber sich versahen, waren sie schon entwaffnet." Die Lehnsherrin machte eine kurze Pause, ehe sie weiter erzählte.

„Weißt Du, die Gesetzlosen sehen furchterregend aus und fuchteln mit ihren Waffen herum, aber sie sind keine großen Kämpfer. Sie bestehlen nur jene, die sich nicht wehren können. Deswegen gab es auch gar kein richtiges Gefecht im Räuberlager. Wir wurden entwaffnet, gefesselt und in die Stadt getrieben. Sie warfen uns in den Kerker der Stadtwache."

Maja stöhnte bei der Vorstellung, in einem feuchten Kerker schmachten zu müssen.

„Normalerweise wäre es das gewesen", erzählte das Nachtwesen weiter. „In der Stadt gibt es menschliche Richter, die über die Belange der Menschen urteilen. So wurde es mit den Qash vereinbart, als sie die Herrschaft über Nedellon übernahmen. Dennoch besuchten zwei von ihnen uns in unseren Kerkern, während wir auf den Gerichtstermin warteten. Manchmal sprachen sie mit einigen der Räuber. Auch mit mir. Es war Q'Andra, die mir eines Tages sagte, dass ich mich den Qash anschließen könnte, wenn ich wollte."

„Und Ihr wolltet." Die Menschin hörte gespannt zu.

„Natürlich. Sonst wäre ich verurteilt worden. Aber als künftige Novizin wurde mir Straffreiheit gewährt. Wer hätte da schon ,Nein' gesagt?"

Q'Kara seufzte. „Hat mich meine schönen roten Haare gekostet, die so gut zu den grünen Augen passten. Aber man kann nicht alles behalten, wie Du siehst." Sie zupfte eine weiße Strähne ihrer Mähne beiseite.

„Wenn Ihr früher Räuberin wart, Herrin, warum hat es Euch dann so lange hier gehalten? Dies ist ein kleiner, langweiliger Bauernhof. Ein winziges Lehen. Hier gibt es nur jeden Tag die gleiche langweilige Arbeit, immer und immer wieder", stellte Maja fest.

„Hier ist es friedlich", antwortete die Lehnsherrin knapp und schlug die Decke zurück. „Aber jetzt sollte ich mich um meinen Teil der langweiligen Arbeit kümmern." Sie zögerte kurz und warf der Bäuerin ein verstohlenes Lächeln zu, ehe sie aufstand. Deren Herz machte vor Freude einen Satz.

*

Gespräche dieser Art fanden nun häufiger in den Morgen- und Abendstunden statt. Maja erzählte davon, wie sie und ihr jüngerer Bruder ihren alten Vater gepflegt und den Hof versorgt hatten als jener starb; wie ein Spielmann bei ihnen für ein paar Tage zu Gast war und sie prompt hinterher schwanger wurde; wie ihr Bruder, der schon lange über all die schwere Arbeit geklagt hatte, eines Morgens fortgegangen war; und wie sie neben der ganzen Arbeit auf dem Feld, im Stall und auf den Weiden noch den kleinen Jo allein großgezogen hatte.

Q'Kara erzählte von ihrer Kindheit auf einem großen Hof, von dem sie fortgelaufen war, als sie eine junge, hübsche Frau wurde und ihr nicht nur die Knechte, sondern auch ihr eigener Vater diese seltsamen Blicke zuwarfen, vor den die Mägde sie immer gewarnt hatten; wie sie im Wald einen Räuber gefunden hatte, der mitten auf dem Weg laut schnarchend seinen Rausch ausschlief, ihm mit einem Knüppel eins übergezogen und sein rostiges Schwert mitgenommen hatte; wie sie im Räuberlager mit großem Gejohle für diesen Streich aufgenommen wurde; und wie sie auch dort die groben Kerle und ihre gierigen Blicke fern von sich halten musste.

Stadt

Nadan, die Hauptstadt von Nedellon, lag drei Nachtmärsche entfernt, wenn man zu Fuß gehen musste. Q'Kara verbrachte die Tage bei den Lehnsherren auf dem Weg und bekam dort einen Krug Milch und ein Lager aus Stroh in einer dunklen Ecke des Stalles zugewiesen, genauso wie sie selbst in ihrem Lehen schon Wanderer wie sie beherbergt hatte.

Die dritte Nacht war schon vorbei, als sie die Mauern und Türme in der Ferne erblickte, und sie wickelte die Kapuze des schweren schwarzen Umhanges fester um ihren Kopf, denn sie würde den Rest des Weges vor Sonnenaufgang nicht mehr schaffen.

Als sie das Stadttor erreichte (Nadan hatte bei ihrem letzten Besuch noch keinen Mauerring gehabt), wies der wachhabende Büttel sie an, in den Schatten des Portales zu treten und dort ihr Gesicht zu zeigen.

„Vergebt mir, Herr oder Herrin. Ich tue das nicht aus Unehrerbietigkeit. In letzter Zeit versuchen betrügerische Gesellen, sich den Torzoll zu sparen, wenn sie hier in Umhängen wie Eurem auftreten. Ich muss kontrollieren, ob Ihr wirklich seid, was Ihr zu sein vorgebt", entschuldigte er sich. Nach einem kurzen Blick in das bleiche Gesicht setzte er hinzu: „Vielen Dank, Herrin. Ihr könnt natürlich passieren. Wie gesagt, ich bitte um Vergebung für diese Unannehmlichkeit, aber es muss leider sein."

„Hoffen wir, dass diese Gesellen nicht noch auf die Idee kommen, sich Gesicht und Haar mit Mehl zu bestäuben", antwortete Q'Kara, die das Ganze eher belustigend fand.

„Aber nicht bei mir, Herrin", erwiderte der Büttel mit einem breiten Grinsen. „Die Augen. Ich achte immer auf die Augen. Die können sie nicht umfärben."

„Guter Mann", erwiderte die Reisende, „einen schönen Tag noch."

„Euch ebenso, Herrin."

*

„Na, hast Du es gesehen?", begrüßte Q'Andra die Frau, als die
in der provisorischen Unterkunft der Qash in der Stadt, einem
alten Patrizierhaus am Marktplatz, endlich angekommen war.
Die Angesprochene legte ihren Umhang ab und sah sich erstaunt um. „Nicht mehr viel los hier", erwiderte sie erstaunt.
„Das ist klar. Ein Teil von uns ist schon umgezogen in das Refugium. Ein Teil des Erdgeschosses und ein paar Gewölbe im
ersten Stock sind schon fertig", erwiderte die Gastgeberin. „Du
musst es doch gesehen haben."
„Natürlich habe ich. Das bei weitem höchste Gebäude in der
ganzen Stadt. Man kann es einfach nicht übersehen."
Q'Kara zog die weißen Brauen zusammen und stellte dann
nachdenklich fest: „Ich meine, ich weiß ja, wie es aussehen
sollte. Aber wenn man dann davor steht, ist es doch gewaltig."
„Ja, und wir haben mit dem Umzug dorthin schon begonnen,
sobald es möglich war", erklärte die Elter. „Ist einfach zu eng
und zu muffig hier."
Q'Andra hatte einst die Saat an die Besucherin weitergegeben.
Da das immer nur eine Person tat und nicht zwei Eltern gemeinsam, hatte sich unter den Qash vor vielen Zyklen schon der Begriff ‚Elter' dafür eingebürgert.
„Sagt schon, Herrin, was ist denn der Grund, aus dem Ihr mich
sehen wolltet." Die Besucherin kam ohne Umschweife zur Sache.
„Na, nun sei doch nicht so niedergeschlagen. Ich wollte nur
wissen, was Du so auf deinem Lehen treibst. Und es gibt Neuigkeiten für Dich, die ich keinem Boten anvertrauen wollte", erwiderte die Andere. „Die Ältesten haben entschieden, dass Du
die Eignung zur Navigatorin hast."
„Ach so."

„Na, Du bist ja nicht gerade erfreut darüber, in eine so hohe Kaste aufsteigen zu dürfen, Kind", gab die Elter überrascht zurück.

„Das ist schon schön, doch", erwiderte Q'Kara und rang sich ein Lächeln ab. „Es bedeutet aber doch sicher, dass ich hierbleiben muss, um für meine neue Aufgabe zu lernen."

„Nicht sofort", erklärte Q'Andra. „Vorerst kannst Du zurückkehren. Ohnehin würdest Du ja vorher eine gewisse Zeit als Lehrerin dienen. Aber sag mir bitte zuerst, was Dich bedrückt."

„Herrin, Ihr wart mir immer die Mutter, die ich nie hatte", brach es nun aus der Besucherin heraus. Ich weiß nicht, wie ich es erklären soll."

„Am Besten von Anfang an."

„Nun, seit dem kalten Winter haben Maja und ich die Gewohnheit entwickelt, uns in den Morgen- und Abendstunden im Bett etwas Wärme zu spenden", begann Q'Kara zögernd. „Und das hat wohl dazu geführt, dass sie mehr von mir erwartete. Als der Bote die Nachricht überbrachte, dass Ihr mich zu sehen wünschtet, bekam sie vermutlich Angst, die Zeit würde knapp werden, und machte einen beherzten Versuch."

Bei diesen Worten deutete sie mit der Hand auf ihre Brust.

Ihre Elter schmunzelte und bemerkte: „Da bist Du nicht die Einzige, der so etwas passiert ist."

„Wie soll ich es erklären? Es geht doch nun mal nicht", brach es nun aus der Jüngeren heraus, und sie berichtete ausführlich über die Gespräche, die unter der Bettdecke stattgefunden hatten.

„Sieh an, da hat jemand eine Dienerin liebgewonnen", stellte die Gastgeberin schließlich belustigt in der Stille nach dem Ende des Berichtes fest.

„Habe ich nicht."

„Hast Du wohl", neckte die andere Frau sie. „Aber mal im Ernst. Ich verstehe, dass Du nicht so genau weißt, was Du jetzt tun sollst. Einer der Ältesten kann Dir das besser als ich erklären. Er hat gewissermaßen von Natur aus einen objektiveren

Standpunkt als ich. Mal sehen, ob er in den nächsten Tagen Zeit für Dich hat."

Und nach kurzem Nachdenken: „Hast Du eigentlich Hunger? Wir haben immer frische kalte Milch im Refugium. Unter der Krypta haben sie Schächte in den Fels getrieben, die wir jeden Winter mit sauberem Eis aus dem Fluss füllen. Hält sich das ganze Jahr über. Und dort lagern wir, was ihr alle uns von den Lehen schickt. Willst Du's Dir mal ansehen?"

„Ja, gerne. Ach, Mama."

„Komm her, Kind." Die Frau drückte Q'Kara eng an sich. „Das kommt schon in Ordnung. Vielleicht findet sich auch eine Lösung, an die ihr Beiden jetzt noch gar nicht denkt."

*

Es war das erste Mal, dass die Besucherin den fertiggestellten Teil des Refugiums betrat. Im Erdgeschoss befanden sich zwischen den dicken Stützpfeilern große Räume, die schon genutzt wurden. Einer davon war das Gemach des Ältesten, mit dem die Besucherin sprechen sollte.

Als Q'Kara den Raum betrat, hatte sie eigentlich vorgehabt, sich ehrerbietig zu verbeugen, doch draußen war schon die Sonne aufgegangen, und ihr blieb vor Staunen der Mund offen stehen bei dem gedämpften Lichterspiel in den bunten Glasfenstern, das davon in voller Schönheit erstrahlte.

„Ja, das ist schon ein Anblick, was", sagte der alte Qash, der am Ende seiner Arbeitsnacht auf sie gewartet hatte. „Ich bin übrigens Q'Thrandil. Schön, Dich zu sehen, Kind."

Die Angesprochene sah sich um. Die Wände des Raumes waren mit Regalen voller gebundener Pergamente vollgestellt. Gegenüber dem Eingang befand sich ein Schreibpult, das unter der Last der Schriftstücke beinahe zusammenzubrechen drohte. Der Mann kam nun dahinter hervor, um sie zu begrüßen. Alles war von dem fast unwirklich bunten, gefilterten Licht übergossen.

„Wunderschön", flüsterte die Besucherin.

„Ja, *so* kann man Sonnenlicht schon aushalten." Der Gastgeber grinste.

„Herr, ich, verzeiht… ich habe so etwas noch nie gesehen", erwiderte die Frau, noch immer ganz versunken in den Anblick.

„Signore Lorenzo, ein Handelsherr aus Sund, war äußerst angetan von dem blauen Glas", erklärte der Älteste. „Erklärte sofort, dass er für solche Gläser ganz sicher Käufer finden könnte, wenn wir sie ihm nur liefern würden. In seinen Augen war zu lesen, dass er im Geist schon die Dukaten zählte, die ihm das einbringen würde."

Er lächelte, und Q'Kara bemerkte erst jetzt, dass mit den Ohren des Ältesten etwas nicht zu stimmen schien. Sie waren spitz.

Der Mann bemerkte ihre Verwirrung und erzählte kurzerhand: „Ja, ich bin ein Elfen-Qash, so wie Du eine Menschen-Qash bist. Eine etwas andere Sorte der Saat."

„Ich wusste nicht einmal, dass es Elfen wirklich gibt, Herr."

„Hier nicht, aber da, wo ich herkomme schon. Ist weit weg."

Der Gastgeber hatte sich wieder hinter sein Schreibpult gesetzt, nachdem er für seinen Gast einen Stuhl zurecht gerückt hatte.

„Setz Dich, Kind", sagte er sanft. „Sprechen wir über das Problem, das Dich zu mir gebracht hat."

Die Frau nickte stumm und hockte sich gehorsam auf das hölzerne Möbel.

„Q'Andra hat Dich zu mir geschickt, weil ich die Dinge als ehemaliger Elf aus einer etwas anderen Perspektive sehe als ihr ehemaligen Menschen. Ich war einmal ein Grauelf, und ich erinnere mich noch gut, wie Grauelfen und besonders Hochelben auf das Treiben der Menschen herabgesehen haben."

Der Mann blickte die Frau fast mitleidig an.

„Weißt Du, Q'Kara, Elben und Elfen werden zehnmal so alt wie Menschen. Entsprechend selten sind die Zeiten, in denen sie sich paaren können oder besser müssen. Das ist nur alle paar Jahre der Fall. Und folglich ist für sie die Paarungszeit eine Zeit der Verrücktheit, etwas, was den normalen gewohnten Ablauf des Lebens unterbricht und stört. Vielleicht haben sie deshalb so wenige Kinder. Zwischen den verrückten Zeiten geht das Leben aber ganz normal weiter. Elfin und Elf sind einander in Liebe zugetan und bewältigen gemeinsam die Schwierigkeiten, die einem im Leben begegnen können. Das ist die eine Seite." Die Besucherin hörte gespannt zu, auch wenn sie nicht nicht ganz verstand, was das mit ihr und Maja zu tun hatte. „Menschen hingegen haben eine andauernde Paarungszeit, die nie endet. Die Hochelben verachten sie dafür und sagen, dass sie sich wie Ratten vermehren. Grauelfen verstehen es einfach nicht. Keines der Tiere um uns herum ist die ganze Zeit über paarungsbereit. Nur Menschen", führte der Älteste aus.

„Und das führt uns nun zu zu dem Problem, das Menschen und ganz offensichtlich auch ein paar Menschen-Qash haben: sie können nicht auseinanderhalten, was eigentlich gar nicht zusammengehört: Paarung und Liebe. Nach Meinung der allermeisten Menschen ist die Liebe zwischen ihnen in ernster Gefahr, wenn sich unter der Decke ihres gemeinsamen Lagers nicht jeden Morgen oder Abend, am Besten zu beiden Gelegenheiten, kräftig etwas tut. Das ist aber ein Irrtum."

Der Qash sah seinen Gast nun mit der ganzen Strenge eines Ältesten an.

„Du machst diesen Fehler immer noch. Elfen und Elben würden das sofort verstehen. Die Liebe eines Elfen und einer Elfin besteht in den Jahren außerhalb der Paarungszeit ganz selbstverständlich fort, auch ohne die Mühen einer Paarung", erklärte er. „Denke nur an die vielen Gelegenheiten bei den Menschen, in denen junge Burschen einem Mädchen lange Geschichten von romantischer Liebe erzählen, aber in Wirklichkeit nur auf eine kurze Gelegenheit hinter einem Busch oder in einem Heuhaufen mit ihr hoffen. Du hast das vielleicht selbst schon erlebt."

„Nein, Herr. Ich wusste schon als Kind, dass ein Mädchen solchen Schwüren nicht trauen darf", erklärte Q'Kara.

„Umso besser", erwiderte der Älteste, und er lächelte. „Und jetzt bist Du eine Qash, wirst länger leben als der älteste Hochelb, und auf die Verrenkungen unter der Bettdecke kannst Du verzichten, weil wir uns nicht paaren müssen, um uns zu vermehren. Wir geben die Saat weiter. Einfach und sauber. Keine Ablenkung an verborgenen Orten. Du kannst Dir nicht vorstellen, wie erleichtert ich war, als ich als junger Krieger bemerkte, dass die Paarungszeit nicht mehr wiederkehrte. Verstehst Du?"

„Ja, Herr", sagte die Lehnsherrin. „Es ist nur… ich dachte, wir hätten auch die Gefühle nicht mehr. Weil… als ich Novizin war, hat Q'Andra mich mitgenommen, als meine ehemaligen Spießgesellen hingerichtet wurden. Einige von ihnen waren so etwas wie Freunde gewesen, von denen ich wusste, sie würden mich in einer Notsituation nicht im Stich lassen", erzählte die Besucherin. „Ich habe sie hängen sehen. Es hat mir nichts mehr ausgemacht. Da dachte ich, als Qash hätte ich einfach gar keine Gefühle."

„Und jetzt weißt Du, dass das nicht stimmt", erwiderte der Mann. „Es ist ja auch dem Großen Werk, an dem wir alle arbeiten, ganz und gar nicht abträglich, wenn wir es in dem Wissen und der Freude darüber tun, zu lieben oder geliebt zu werden. Warum also sollte das Gefühl verschwinden? Meinst Du nicht auch?"

„Das macht wohl Sinn", antwortete die Frau. „Aber verzeiht mir, Herr, dass ich über Eure weisen Worte erst noch eine Weile nachdenken muss, ehe ich sie vollkommen verinnerlichen kann."

„Das geht auch nicht so schnell. Für's Erste möge genügen, dass ich Dir kraft meines Amtes als Ältester der Qash versichern kann, es ist vollkommen in Ordnung, wenn ihr Beiden etwas füreinander empfindet."

Q'Kara merkte, wie ihr Herz einen kleinen Hüpfer machte, als sie das hörte. „Danke, Herr. Vielen, vielen Dank."

„Ich werde veranlassen, dass man Dir eine saubere Phiole mitgibt, wenn Du wieder abreist. Vielleicht braucht ihr sie." Der Mann sah jetzt angestrengt auf seinen Stapel Pergamente und schien dort etwas mit der Schreibfeder hinzukratzen.

„Darüber hinaus möchte ich, dass Du über Jahr und Tag wieder hier erscheinst, um zu berichten, wie sich die Dinge entwickelt haben."

*

„Und das habe ich nicht verstanden", sagte Q'Kara, als sie ihrer Elter ausführlich darüber berichtet hatte, wie das Gespräch mit dem Ältesten verlaufen war. „Was soll ich mit einer Phiole?"

„Na, die ist für die Blutprobe", erklärte Q'Andra mit einem Lächeln.

„Eine Blutprobe von mir hätte er doch gleich bekommen können", erwiderte die Jüngere verduzt.

„Kind, wenn es um Deine Liebste geht, bist Du bemerkenswert begriffsstutzig. Die Phiole ist für einen Tropfen *ihres* Blutes. Damit wir untersuchen können, ob sie geeignet ist."

„Ach so..."

Die Besucherin fühlte sich schrecklich dumm, und sie spürte, wie ihre Wangen sich vor Scham rosig färbten. Sie senkte den Blick.

„Na, das ist wohl so, wenn man unerwartet verliebt ist", tröstete ihre Ziehmutter sie. „Aber Du musst mir eines versprechen. Es muss *ihr* Gedanke sein, sich uns anzuschließen. Du darfst das Thema von Dir aus nicht anschneiden. Versprichst Du mir das?"

„Ja, Mama." Q'Kara umarmte die Frau aus einer Gefühlsaufwallung heraus. Es tat gut, nun zu wissen, dass das erlaubt und normal war. Und sie ließ ein paar lange unterdrückte Freudentränen endlich frei fließen.

„Ist gut, Kind. Es ist alles gut", flüsterte die andere Frau, während sie die Jüngere hielt.

Rückkehr

Auch bei der Rückkehr war es schon heller Tag, als Q'Kara ihr Ziel erreichte. Maja war im Hof dabei, den Hühnern Futter hinzustreuen, und bemerkte die Qash, als diese über die Hecke zum Weg hinweg winkte, die Hand sorgsam im weiten Ärmel vor dem Licht versteckt.

Die Bäuerin ließ den Sack mit den Körnern achtlos fallen und rannte sofort zu ihrer Liebsten. Auf dem Weg vor dem Hoftor umschlang sie ihre Freundin heftig und hielt sie fest.

„Ihr seid zurück, Herrin", schluchzte sie mit erstickter Stimme, als könne sie ihr Glück gar nicht fassen.

„Ja, und das Beste zuerst: ich darf bleiben", erklärte die Andere.

„Jedenfalls erst einmal für Jahr und Tag."

Die Frau quiekte. Das Gesicht war in die Stoffmassen des schwarzen Umhanges der Ankommenden gedrückt.

„Na, nun ersticke mir nicht vor Glück", ermahnte die Lehnsherrin sie sanft.

„Nein, Herrin. Verzeiht." Die Frau ließ die Umhangfalten verlegen los.

„Maja, vielleicht ist es an der Zeit, auf die Formalitäten zu verzichten, wenn wir unter uns sind. Ist Jo in der Nähe?", fragte die Qash und sah sich um.

„Der bringt die Kühe auf die Weide."

„Wenn wir allein sind, sag' bitte nicht länger ‚Herrin' zu mir. Mein Name ist Q'Kara. Wir sollten uns nicht länger wie Herrin und Dienerin benehmen."

„Ja, gerne." Die Bäuerin dachte einen Moment nach und fragte dann vorsichtig: „Dann ist es in Ordnung?"

„Ja, ist es. Ich muss mich da selbst noch dran gewöhnen… komm, lass uns ins Haus gehen. Dann erzähle ich Dir alles, solange wir ungestört sind." Sie nahm ganz offen die Hand der anderen Frau, als die Beiden losliefen.

Und die Hühner im Hof konnten ihr Glück über den vergessenen Futtersack kaum fassen und fraßen sich an diesem Tag dick und rund.

*

Am Abend schlief die Lehnsherrin, erschöpft von der Reise, länger als gewöhnlich. Maja legte sich trotzdem zu ihr ins Bett und schmiegte sich an den weißen Körper ihrer Freundin an, sanft und vorsichtig, um sie nicht zu wecken. Vielleicht nickte sie, selbst müde, auch kurz ein, denn sie erwachte von der Stimme ihrer Liebsten.

„Na, Du?"

„Du bist ja wach…"

„Und Du scheinst eingeschlafen zu sein, mein Schatz."

„Es ist so schön, das von Dir zu hören." Die Bäuerin rieb sich die Augen. „Schade, es ist so spät jetzt. Ich wollte noch so viele Dinge fragen…"

„Vielleicht könnte ich ja meinen Rundgang heute später beginnen", erwiderte die Qash.

„Das wäre lieb. Schatz." Maja lächelte und fügte hinzu: „Es ist noch so ungewohnt für mich, das zu hören. Und auch zu sagen."

„Na, und für mich erst."

Q'Kara umarmte die Frau und flüsterte: „Was willst Du denn noch wissen, Du fleischgewordene Neugier?"

„Ganz viel." Die Menschin atmete tief durch. „Ganz viele Sachen möchte ich Dich fragen."

„Ich werde Dir vielleicht nicht auf alle Fragen antworten können. Es gibt Dinge, über die ich mit Nicht-Qash nicht sprechen kann."

„Das ist doch klar. Mit Herrengeschäften will ich aber auch nichts zu schaffen haben", erklärte die Bäuerin. „Mir reichen die Sorgen um den Hof hier vollkommen."

„Na, so schlimm kann das doch nicht sein…", bemerkte das Nachtwesen.

„Dein Vertreter hier hat gesagt, dass wir zuviel von dem Land brachliegen lassen. Er sagte, mit ein paar Knechten und Mägden könnten wir dreimal so viel Milch erzeugen wie bisher."

„Und was hast Du geantwortet?"

„Dass ich hier keine Knechte haben will. Wenn nur eine Bäuerin da ist und kein Bauer, nehmen sich Knechte Freiheiten heraus. Du kannst ja nicht immer auf mich aufpassen." Maja machte ein strenges Gesicht.

„Nein, kann ich nicht, obwohl ich es gerne würde", erwiderte die Lehnsherrin. Nach einem kurzen Stirnrunzeln setzte sie hinzu: „Das hast Du wirklich zu ihm gesagt? Zu einem Stellvertreter von mir?"

„Ja. Er schien es aber zu verstehen und sagte, er wüsste schon eine Lösung dafür… ich weiß aber nicht, was er damit meinte."

„Na, ich ahne, an was er denkt. Wir werden sehen." Q'Kara sah ihrer Freundin ins Gesicht. „Nun aber los. Wo sticht Dich die Neugier? Du hast immer noch nicht gefragt."

„Ich habe gehört, dass ihr einen großen Tempel baut in der Stadt."

„Das ist kein Tempel. Wir brauchen ein Refugium, in dem wir unserer Arbeit ungestört nachgehen können."

„Die Leute im Dorf sagen, es ist ein Tempel."

„Na, die müssen es ja wissen. Mein Schatz, wir haben gar keine Götter, die wir dort verehren könnten", erklärte die Qash.

„Wirklich? Warum baut ihr dann ein so riesiges Haus?"

„Das ist Teil des Großen Werkes. Und ehe Du fragst, mehr darf ich Dir darüber nicht erzählen", sagte die Weißhaarige.

„Wirst Du darin wohnen, wenn Du in die Stadt zurückkehren musst?", wollte ihre Liebste wissen.

„Ja, natürlich. Warum?"

„Wenn dort so viele Herren in einem großen Haus wohnen, dann brauchen sie doch sicher viele Diener?", mutmaßte die Frau. „Ich könnte als Deine persönliche Dienerin mitkommen."

„Menschen dürfen da nicht hinein", antwortete Q'Kara sanft, da sie die Enttäuschung der Anderen vorausahnte. „Aber wenn es so wäre, würdest Du dann wirklich mitkommen wollen?"

„Warum denn lasst Ihr da niemand sonst hinein? Große Geheimnisse?", fragte die Andere.

„Großes Werk, große Geheimnisse, ja", erwiderte die Qash, „aber wenn Du es könntest, würdest Du mitgehen wollen?"

„Als Deine Dienerin? Ich würde hier sofort alles stehen und liegen lassen. Wenn nur nicht Jo noch so klein wäre." Die Frau machte ein verzweifeltes Gesicht.

„Jo müsste jetzt so fünfzehn oder sechzehn Sommer haben", rechnete das Nachtwesen nachdenklich. „Behandele ihn nicht mehr wie ein Kind. Er ist alt genug, um sich für Mädchen zu interessieren. Gib ihm noch zwei Jahre, und er kann den Hof übernehmen."

„Woher weißt Du das?" Maja setzte sich erschrocken auf. „Hat er was angestellt?"

„Nein, hat er nicht. Oder noch nicht. Er geht manchmal abends alleine hinunter zum Fischteich. Da trifft er sich mit der Jüngsten von den Schlehenhof-Kindern. Auch sie ist eigentlich kein Kind mehr. Ich kann die beiden von den Weiden aus gut hören, auf meinem Rundgang. Aber außer einem schüchternen Küsschen ist noch nichts geschehen."

„Na, der kann was erleben…"

„Maja, bitte. Tu das nicht. Ich denke, das ist normal bei Kindern in dem Alter. Sie reifen und bemerken, dass es noch etwas anderes gibt. Du kannst mit ihm darüber reden. Er weiß ja schließlich, woher die Kälbchen kommen. Sag ihm, solange die beiden nichts Unbedachtes tun, ist es in Ordnung." Q'Kara war jetzt wieder ganz die Lehnsherrin.

„Na gut. Du bist die Herrin hier."

„Ich denke nur daran, dass es auf dem Hof weitergehen muss", erklärte die Qash. „Irgendwann wird er der Bauer sein, und er wird eine Bäuerin bei sich brauchen, um mit allem fertigzuwerden."

„Und ich? Komme ich in Deiner Planung für die Zukunft gar nicht mehr vor?"

„Mehr als Du glaubst, meine Liebste", erwiderte die bleiche Frau und lächelte glücklich.

*

Es dauerte noch einige Tage, bis die Beiden wieder Zeit zum Reden fanden. Die Ernte stand bevor, und viele Dinge mussten deshalb mit den Leuten aus dem Dorf und den anderen Höfen der Gegend abgesprochen werden. Bei der Ernte war so viel zu tun, dass jeder jedem helfen musste. Das war ungeschriebenes Gesetz in dieser Gegend gewesen, schon seit der Zeit der Jarle.

„Oooh", seufzte Q'Kara, die müde von der ungewohnten Arbeit am Tag war, „die sind aber auch halsstarrig, diese Dummköpfe vom Ochsenhof. Wieso eigentlich glauben sie, unbedingt vor denen vom Schlehenhof dran sein zu müssen? Das größte Feld muss zuerst abgeerntet werden."

„Gut, dass ihr Lehnsherren euch so schnell einig geworden seid", bemerkte Maja.

„Das ist notwendig, wenn wir nicht riskieren wollen, dass ein Unwetter uns die ganze Ernte nimmt und am Ende womöglich Untertanen hungern müssen."

„Hallo, Schatz", lächelte die Frau ihre blasse Freundin an. „Wir sind jetzt zu Hause. Du musst nicht länger Dein Lehen verteidigen."

„Du hast ja recht." Die Qash nahm ihre menschliche Geliebte in die Arme. „Komm, lass uns unter der Decke verschwinden. Ich fange schon an, Deine Fragen zu vermissen, und heute sind wir beide nicht so müde wie an den vergangenen Tagen."

„Gute Idee." Schnell lag beider Kleidung auf dem Boden.

„Also, wie war das eigentlich, als Du zu einer Qash wurdest", begann Maja schließlich. „Du hast ja erzählt, dass Du vorher rothaarig warst und dann zu einem Albino wurdest. Was hat sich noch verändert?"

„Also, schon Einiges. Vom Geruchsinn habe ich ja auch schon erzählt. Ich war zu der Zeit in der Stadt, und ich kann Dir sagen, so viele Menschen an einem Platz stinken vielleicht…"

Sie bemerkte das erschrockene Gesicht der Freundin, die prompt unauffällig an ihren Armen schnüffelte.

„Nein, keine Angst, Du nicht, Schatz", setzte sie ihre Erklärung fort. „Aber die Seife, die ich Dir mitgebracht habe, war auch dafür gedacht. Auch wenn der wichtigere Grund Deine Gesundheit war. Im Schmutz lauern unsichtbar Krankheiten. Deswegen muss man den Körper sauber halten. Ich selbst wasche mich ja auch jeden Abend."

„Das stimmt. Ich habe oft genug heimlich zugesehen."

„Ach, sieh an", sagte Q'Kara und lachte unwillkürlich. „Du bist ja eine."

„Mhm, bin ich wohl", gab die Bäuerin frech zurück. „Aber erzähl doch weiter. Was hat sich noch geändert?"

„Ich konnte viel besser hören. Es war schwer, am Morgen einzuschlafen, wenn die Menschen so viel Lärm draußen auf dem Marktplatz veranstalteten. Damals war das Refugium nur eine Ansammlung von Grundmauern. Wir wohnten alle in einem der Patrizierhäuser am Markt und machten am Tag die Fensterläden zu. Verstehst Du jetzt, warum wir ein großes Gebäude mit dicken Mauern für uns allein brauchen?"

„Ja, schon… noch was?" Majas Neugier schien schier endlos zu sein.

„Ich habe irgendwann gemerkt, dass ich mich schneller bewegen konnte. Schnell und lautlos, besonders im Dunklen. Da verstand ich auch, warum die Räuberbande keine Chance gehabt hatte, zu entkommen", erzählte die Qash.

„Etwas länger dauerte es, bis ich plötzlich Bilder in meinem Geist sah, die ich nicht verstand. Jeder von uns Qash trägt das gesamte Wissen vom Großen Werk in sich, aber es kann beängstigend sein, sich plötzlich an Dinge zu erinnern, von denen man nicht mal weiß, wie sie heißen."

„Interessant. Jeder von euch weiß alles über diese geheimnisvolle Sache?"

„Ja." Das Nachtwesen beschloss, das Thema jetzt nicht weiter zu vertiefen. „Aber am längsten dauert das hier", sagte sie und zeigte die Außenseite ihres Handgelenkes. Eine schmale Falte, fast so lang wie der darüberliegende kleine Finger, war dort in der weißen Haut zu sehen.

Die Menschin berührte die Stelle vorsichtig mit der ausgestreckten Hand. „Was ist das?", fragte sie.

„Da drin liegt eine Klaue versteckt."

„Darf ich sie sehen?"

„Willst Du das wirklich? Es könnte Dir Angst machen. Wir zeigen die Klauen nie Menschen."

Q'Kara sah ihre Liebste prüfend an.

„Ich will alles über die wissen, der mein Herz gehört", antwortete die Frau. „Zeig' es mir."

„Na gut."

Am unteren Ende der Hautfalte erschien eine kleine Spitze, die schnell zu einer langen, gebogenen und durchscheinenden Kralle wurde, als sie voll ausgefahren wurde. An der Spitze glitzerte ein kleiner Tropfen.

„Ist das… Gift?"

„Nur Betäubung. Diese Klauen sind nur für das Überleben in absoluten Notfällen da. Das Gift betäubt. Mit ihm können wir säugende Muttertiere in der Wildnis erlegen, ohne sie zu töten, und ihre Milch trinken, solange sie schlafen."

„Ach ja", entfuhr es Maja. „Du kannst ja schlecht mit dem Bogen einen Hasen schießen und essen."

„Nein, das kann ich wirklich nicht."

Eine Pause entstand, in der die Bäuerin all das neue Wissen über ihre Gefährtin in ihrem Kopf einzusortieren schien. Plötzlich stutzte sie und sagte dann unvermittelt: „Sag mal… blutest Du eigentlich noch?"

„Meinst Du jeden Monat?" Die Lehnsherrin lächelte erleichtert. „Zum Glück nicht mehr. Wie Du weißt, habe ich noch den Körper einer Frau, aber das, was mich zur Frau gemacht hat, funktioniert alles nicht mehr."

„Du Glückliche." Maja wandte das Gesicht ab.

„Hast *Du* Schmerzen dabei?", wollte die Lehnsherrin wissen. Als Antwort kam nur ein Nicken.

„Warum hast Du mir denn das nicht früher gesagt... an solchen Tagen solltest Du nicht arbeiten. Du bleibst im Bett und bekommst einen heißen Stein aus dem Ofen, der Dir den Bauch wärmt. Ach, ich hätte das schon viel früher merken müssen." Das Nachtwesen machte sich Vorwürfe.

„Nein, Schatz, das konntest Du ja nicht wissen. Aber es ist schön, dass wenigstens Du davon frei bist", tröstete die Frau ihre Freundin.

Eine ganze Weile blieb es still, und Q'Kara begann schläfrig zu werden.

„Warum wolltest Du das eigentlich alles wissen", murmelte sie, während sie sich unter der Decke zusammenrollte.

„Nur so, mein Schatz", sagte die Gefährtin leichthin und hauchte der Liebsten einen Kuss auf die Schulter.

Kirmes

Ein anderes ungeschriebenes Gesetz des Marktfleckens Schnakenbeck und der Höfe in seiner Nähe war, dass man nach dem erfolgreichen Einbringen der Ernte eine Kirmes in dem Dorf veranstaltete. Jeder war eingeladen, und man ließ es sich ein paar Tage lang bei Dünnbier, Musik der Spielleute und der Leckereien, die es dort für alle gab, gutgehen.

Maja und Q'Kara waren hingegangen, nachdem Jo mit der verantwortungsvollen Aufgabe betraut worden war, auf den Hof aufzupassen. Er würde dafür am nächsten Tag frei haben und das Fest besuchen können.

Kurz nachdem die beiden Frauen in all der Musik und dem Gedränge eine Weile an einem Schmuckstand verweilt und die Auslage betrachtet hatten (die Qash erwarb bei dieser Gelegenheit ein kleines Ahornblatt aus Silber, das sie ihrer Geliebten schenkte, weil es ihr besonders gefiel), hörten die beiden eine Rede eines Besuchers, die die Harmonie und Freude des Festes zu stören schien.

„Ja, dort ist eines dieser Monster, die euch eines Tages alle verschlingen werden", deklamierte ein kleiner Mann in einer roten Robe, der sich auf ein leeres Fass gestellt hatte, mit lauter Stimme und zeigte dabei direkt auf die Lehnsherrin. Nur wenige der Besucher hörten ihm zu.

„Aber zum Glück wird mein Herr und Gott dem Treiben dieser wilden Tiere bald ein Ende bereiten. Sie werden im Feuer seines Zorns vergehen."

Haßerfüllte Blicke trafen die schwarz vermummte Gestalt, die es gewagt hatte, sich ihm zu nähern.

„Hey, Bursche", rief Q'Kara und hob die Hand. Langsam ließ sie den weiten Ärmel ihres Umhanges, den sie tagsüber tragen musste, nach unten rutschen. Ihre bleiche Hand wurde sichtbar.

„Kein Feuer", rief sie laut, und nun legte sie auch noch beide Hände an die Kapuze und ließ diese langsam und dramatisch zurückgleiten, bis ihr blasses Gesicht und die weißen Haare vollständig für alle zu sehen waren. *Zum Glück ist der Himmel heute voller Wolken*, dachte sie und fügte laut hinzu: „Und immer noch kein Feuer. Dein Gott scheint nicht allzu viel Macht zu besitzen."

Einige der Zuschauer lachten, was den Prediger noch wütender machte.

„Schmähet nicht den Namen des Herrn Ysanas, denn seine Rache wird schrecklich sein...", erwiderte er.

Doch die Qash hatte schon den Landbüttel bemerkt, der aufmerksam geworden war und in dem beginnenden Disput den Anfang einer Rauferei vermutete. Dergleichen wurde bei Festen schnell und streng geahndet.

„Hey, Büttel." Die Lehnsherrin sprach jetzt mit der Autorität ihres Amtes. „Das Dorf hier ist zwar nicht mein Lehen, aber vielleicht solltest Du diesen Spinner trotzdem hier wegschaffen und hinauswerfen."

„Wie Ihr meint, Herrin. Ich glaube auch, dass er ein Unruhestifter ist." Der Mann trat kräftig gegen das Fass, woraufhin der Redner schwankte und dann in unrühmlicher Pose mit gespreizten Beinen rücklings in den Staub fiel, was ihm weitere Lacher einhandelte.

Er schimpfte und zeterte Verwünschungen auf alle Teilnehmer des Festes herab, noch während er am Kragen bis hinter die letzten Häuser von Schnakenbeck geschleift wurde.

*

Auf dem Weg zurück war Maja ziemlich still.

„Warum hassen diese Leute Deinesgleichen", fragte sie schließlich leise.

„Es gibt immer welche, die das fürchten, was ihnen fremd ist", antwortete ihre Geliebte. „Solange es ihnen ungefährlich erscheint, verhöhnen sie es nur. Aber wenn sie bemerken, dass es machtvolle Dinge tut, schlägt die Furcht in Hass um. Dieser

Prediger hätte mich auf der Stelle mit seinen Händen erwürgt, wenn er mich zu fassen bekommen hätte."

„Schatz…", erwiderte die Bäuerin mit Unbehagen.

„Das wird noch schlimmer werden. Je mehr wir dieses Land aufbauen, es blüht und gedeiht und reich wird, umso stärker wird der Hass und der Neid all derer, die glauben, all dies geht nicht mit rechten Dingen zu."

„Ist das wirklich so schlimm?", wollte die Menschin wissen.

„Ja, ist es. Weißt Du, als ich noch Kriegerin war, musste ich oft mit den anderen zusammen an der Grenze im Nordosten patrouillieren", erklärte die Andere. Jenseits davon geht der Wald in Grasland und dann Steppe über. Dort leben die Lazar, Nomaden, die mit ihren Viehherden ziehen. Sie haben immer wieder versucht, durch den Grenzwall nach Nedellon vorzustoßen. Ein paar der anderen Krieger wurden von ihren Speeren erwischt."

„Das ist ja furchtbar", erwiderte Maja. „Zum Glück ist Dir nichts passiert."

„Es endete erst, als wir bei Nacht ihr Lager überfallen und viele von ihnen getötet haben. Das Land wurde vor ihnen beschützt, und die Vorstöße hörten danach auf. Vorerst, wenn Du mich fragst. Die werden wiederkommen."

„Aber warum tun die das?", wollte ihre Liebste wissen.

„Ich vermute, dass die Lazar schon vorher ein Auge auf Nedellon geworfen hatten. Das Land ist grün und fruchtbar, die Weiden fett, es gibt recht viele Kühe zu stehlen und ihr hattet damals keinen Herrscher. Sie hätten leicht ein Jarltum nach dem anderen überwältigen und ausplündern können, weil kein anderer Jarl dem angegriffenen geholfen hätte. Dann kamen wir und haben ihnen ihren schönen Schlachtplan vermasselt."

„Ja, da könntest Du recht haben… dann ist es wohl Neid, weil ihr Herren ihre Beute ‚gestohlen' habt."

„Und weil wir fremdartig sind, kann man Gerüchte ausstreuen, dass alles, was wir hier aufbauen, nicht mit rechten Dingen zugeht und wir in Wirklichkeit hinterhältige Mörder sind. Irgend ein Dummer glaubt so etwas immer."

„Hm. Nur gut, dass eure Krieger uns beschützen können", beschloß Maja das Gespräch. „Schade um den schönen Tag. Dieser dumme Prediger hat ihn fast verdorben."

„Fast?"

Statt einer Antwort nahm die Frau das kleine silberne Ahornblatt zwischen die Finger und lächelte.

*

Später am Abend, nachdem Jo hocherfreut bemerkt hatte, dass die beiden Frauen schon früh von dem Fest zurück waren und bettelte, dass er noch gehen dürfe (die Kirmes dauerte normalerweise bis tief in die Nacht), kuschelten sich Menschin und Qash gemeinsam unter ihre Decke.

Die Bäuerin war still, und so war es Q'Kara, die zuerst sprach.

„Du wolltest alles von mir wissen, mein Schatz", erklärte sie, „und das gehört auch dazu. Es gibt Menschen, die Wesen wie mich für ein Ungeheuer oder Schlimmeres halten. Und es werden im Lauf der Zeit leider immer mehr werden."

„Allein Du hast soviel für uns getan", erwiderte ihre Freundin. Schon die kleinen Dinge, dass man Wunden sauber halten soll. Was man nicht essen darf. Oder die Seife. Wir waren viel seltener krank als früher. Du passt auf, dass die Füchse uns nicht in der Nacht die Hühner stehlen. Wenn die Ernte nicht gut ausfällt, sorgst Du dafür, dass wir Korn aus den Speichern bekommen. Und noch viel mehr. Das gab es alles früher nicht. Man musste hungern."

„Die Dinge sind nun mal so. Aber, mein Schatz, wo bleibt Deine Neugier denn", versuchte die Qash ihre Geliebte von dem unangenehmen Thema abzulenken. „Wir hätten viel Zeit für das Frage-Antwort-Spiel."

„Mir ist heute nicht danach", gab die Frau zurück und drehte sich im Bett um. „Bleib einfach bei mir, bis ich eingeschlafen bin, ja?"

„Natürlich", sagte die Andere leise und hauchte ihrer Freundin zum ersten Mal einen sanften Kuss auf die Schulter.

„Warum gerade Ahorn?", fragte sie ganz leise.

„An einem Frühlingsabend, unter dem Ahornbaum am Roggenfeld habe ich Dich zum ersten Mal angesehen und gemerkt, wie schön Du bist", flüsterte Maja.

Q'Kara atmete tief durch, sagte aber nichts, weil sie einen Kloß im Hals hatte.

*

Der Herbst kam bald danach. Der erste Sturm beendete die Farbenpracht der Wälder und ließ nur nackte Äste in den grauen Regenschauern zurück. Die Kornkiste und der Dachboden des Stalles waren gut mit Roggen und Heu gefüllt, mit denen man den kommenden Winter wohl überstehen konnte. Auf dem Hof gab es jetzt weniger als im Sommer zu tun, und die Drei machten es sich morgens und abends in der kleinen Stube des Bauernhauses gemütlich. Hin und wieder lieh sich Jo den Wachstuchumhang, um ein paar überzählige Eier auf den Markt von Schnakenbeck zu bringen. Und, unausgesprochen, um dort seine Angebetete zu sehen, was die Frauen sehr gut wussten.

„Ich war in der letzten Zeit wohl etwas abweisend zu Dir", sagte Maja eines Tages, als die Beiden wieder einmal allein nah an dem warmen Ofen saßen, auf der Bank aneinander geschmiegt, die Bäuerin mit einem Becher heißem Kräutertee und Q'Kara mit einer Schale warmer Milch. Der Regen trommelte an die Fensterläden.

„Das Ereignis auf der Kirmes hat Dir Angst gemacht", erwiderte die Lehnsherrin. „Ich habe das gemerkt. Und ich dachte mir, Du brauchst Deine Zeit und wirst Dich schon melden, wenn es soweit ist."

„Ja. Aber am Ende ist die Neugier doch stärker", erklärte die Andere mit einem Lächeln. „Lass uns nicht mehr davon sprechen. Etwas noch interessiert mich mehr."

„Mein Schatz, alles, was ich Dir sagen darf, werde ich Dir auch erklären."

„Da war diese Sache mit der Saat, die weitergegeben wird von euch. Wie genau funktioniert das?"

„Die Saat schwimmt in unserem Blut. Auch in meinem", erwiderte die Qash knapp.

„Und wie funktioniert das? Würde ich wie Du werden, wenn ich etwas von Deinem Blut ablecke, falls Du Dich verletzt?"

„Es freut mich zu hören, dass Du wieder ganz die Alte bist", schmunzelte die Weißhaarige. „Wissbegierig wie immer. Mein Blut aufzulecken oder etwas davon zu trinken würde wahrscheinlich nicht funktionieren. Aber die Idee geht schon in die richtige Richtung."

Das Nachtwesen setzte sich auf der Bank auf und begann ausführlich zu erzählen.

„Die Saat ist in meinem Blut", begann sie, „Und sie müsste in Dein Blut gelangen. Das würde besser funktionieren, wenn man einen Tropfen meines Blutes in eine frische, blutende Wunde bei Dir geben würde."

Sie machte eine kurze Pause, sah ihre Freundin nachdenklich an und setzte dann fort: „Das kann allerdings durchaus gefährlich sein, und deswegen überprüfen wir normalerweise vorher, ob jemand geeignet ist."

„Wie kann man so etwas überprüfen?", bohrte Maja weiter.

„Mit einem Tropfen Deines Blutes. Einige von uns können ihn untersuchen und sehen, ob sich unentdeckte Krankheiten darin verbergen. Es gibt verschiedene davon, die lange im Blut schlafen können, bevor sie ausbrechen." Q'Kara sah die Frau, die sie liebte, noch immer prüfend an. „Und außerdem müssten ein paar von unseren Lehrern mit Dir sprechen und beurteilen, ob Du Dich uns anschließen kannst. Weniger von Wissen und Können her, sondern eher, ob Du eine Aufgabe auch gegen Widerstände zu Ende bringst. Es gibt Menschen, die beim kleinsten Problem aufgeben, die können wir nicht brauchen."

„Warum guckst Du auf einmal so komisch?", fragte die Menschin.

„Weil ich mich frage, warum Du all das so genau erklärt haben möchtest. Andere Leute fragen mich eher nach dem Refugium, wohin wir das Land Nedellon zu führen gedenken oder solche Sachen. Du nicht. Nur persönliche Details. Mein geliebter Schatz, gibt es in Deinem schönen Köpfchen einen Plan, von dem ich wissen sollte?"

„Meine Zauberfee vom Ahornbaum, ich kann ja doch nichts vor Dir verheimlichen. Also schön, ich gebe es zu, ich habe überlegt, ob ich wie Du werden kann. Dann könnte ich mit Dir in die Stadt gehen und in dem Tempel bei Dir sein." Die Frau sah auf den Boden, weil sie sich ertappt fühlte.

„Du würdest Dich wirklich uns anschließen? Wegen mir?", wollte die Lehnsherrin wissen.

„Mhm."

„Weißt Du, es gibt da noch ein paar Dinge, Du noch nicht weißt und die vielleicht nicht so schön klingen. Ich hatte keine Familie, nur ein paar flüchtige Freunde unter den Räubern. Du... Du hast einen Sohn. Er wäre nach ein paar Monaten wie ein Fremder für Dich. Die Bindungen an Menschen von vorher gehen vollkommen verloren."

„Oh." Die Menschin schluckte schwer. „Die an Dich auch?", fragte sie zaghaft und schmiegte sich an ihre Geliebte.

„Weiß ich nicht, aber ich vermute, eher nicht. Als ich im Sommer in der Stadt war, habe ich mit der von uns gesprochen, die mir einst die Saat weitergegeben hat. Wir nennen das Elter. Sie sagte, Fälle wie meiner seien schon vorgekommen. Und sie haben Deine Gedanken vorausgesehen", erklärte die.

„Warum hast Du mir das nicht erzählt?"

„Weil sie es mir verboten hat. Sie wollte, dass der Wunsch danach wirklich von Dir allein kommt."

Q'Kara sah ihrer Freundin in die Augen. „Wenn Du es tust, gibt es nämlich keinen Weg mehr zurück", flüsterte sie.

„Nie mehr?"

„Nie mehr."

„Ich möchte es schon. Lass mich darüber noch eine Weile nachdenken", erwiderte die Frau. „Es klingt so schön, für immer, für eine ganze Ewigkeit bei Dir zu sein. Und vielleicht auch so weise wie Du zu werden. Aber ich will sicher sein."

„Niemand zwingt Dich. Du kannst bis zum letzten Moment, bevor die Saat übertragen wird, ‚Nein' sagen, und wir lassen Dich gehen. Der Entschluss muss ganz und gar Dein eigener sein."

Maja lächelte ernst und sagte dann: „Ich könnte ja erstmal in die Stadt gehen und Deinen Leuten einen Blutstropfen bringen. Vielleicht geht es ja gar nicht." Die Stimme klang bei diesen Worten plötzlich melancholisch.

„Das musst Du gar nicht. Ich sagte ja, meine Leute haben vorausgesehen, dass es dazu kommt, und mir eine kleine, ganz saubere Phiole mitgegeben, in der etwas ist, das Blut nicht gerinnen lässt. Das kann ich dann dem Boten mitgeben, der die Milch holt", erklärte das Nachtwesen.

„Na gut. Ich hole ein Messer aus der Küche."

„Jetzt sofort?"

„Ja, ehe ich es mir noch anders überlege. Du hast gesagt, ich kann immer noch ‚Nein' sagen, oder?"

„Das stimmt", antwortete die Qash und seufzte leise. „Mein Schatz, habe ich Dir heute schon gesagt, wie sehr ich Dich liebe?"

„Jetzt gerade", kam die Antwort aus der Küche.

„Vergiss den Weingeist nicht", erinnerte die Wartende sie.

„Wie könnte ich den vergessen. Weingeist, um die Krankheiten abzuwischen. Eine der Weisheiten meiner Liebsten."

Die Frau kam zurück, setzte sich und legte ein kleines Messer, eine Flasche aus braunem Glas und ein einigermaßen weißes Tuch neben sich auf die Ofenbank.

„Wie musst Du das machen", fragte sie unsicher.

„Du kannst es selbst machen", erwiderte ihre Gefährtin. „Ritz Dich mit dem Messer irgendwo, wo es Dich nicht stört. Ich fange dann ein paar der Tropfen auf, die herausquellen. Vorher aber mit Weingeist abreiben", wies die Andere sie an.

„Hier stört es nicht, denke ich", stellte Maja fest, rieb die Stelle mit dem getränkten Tuch und setzte die saubere Messerspitze an ihrem Unterarm an. Sie verzog keine Miene, als die Klinge durch ihre Haut schnitt.

„Ich denke das reicht", sagte Q'Kara und hielt das kleine runde Glasgefäß an den Ritz. Drei oder vier Tropfen fanden ihren Weg in die Phiole, ehe sie eilig wieder verschlossen wurde.

„So", bemerkte sie. „Das muss jetzt kühl bleiben bis morgen früh." Sie schwenkte die kleine Flasche etwas hin und her.

„Stell' es in die Vorratskammer zum Gemüse", empfahl ihr die Bäuerin.

„Gute, Idee, ja." Die Qash erhob sich und ging hinüber in die Küche. Als sie wiederkam, hatte ihre Liebste schon das Tuch um ihren Arm gebunden.

„Na, mal sehen, was sie sagen." Beide sprachen es fast gleichzeitig aus, sahen sich an und fingen an zu lachen.

Winter

Als wolle er sich für seine Strenge im letzten Jahr entschuldigen, kam der Winter in diesem Jahr spät. Was hätte Schnee werden können, fiel als endloser kalter Regen und verwandelte die Wege in fast unpassierbaren Morast.

„Verzeiht, Herrin", sagte Q'Jan, der jetzt den Botendienst versah, eines Morgens. Beide Qash standen in den Pfützen, die sich gebildet hatten, die Wachstuchüberwürfe über den Umhängen. Sie hatten sich nur verhüllt, um nicht völlig durchnässt zu werden, denn die Sonne zeigte sich durch die dicken, freigiebig Wasser spendenden Wolken natürlich nicht.

„Schon gut", erwiderte Q'Kara. „Solange Du wenigstens alle zwei Tage kommen kannst. Ich trinke die Milch vom Vortag und hebe die frische für den Transport auf. Dein Vorgänger hat uns für solche Fälle eine leere Kanne da gelassen."

„Es wirklich schlimm", erzählte der Besucher, der ganz bei seinen eigenen Sorgen war. Der Esel ih-ahte kläglich und ließ die triefenden Ohren hängen. „Die Wege sind voller Matsch und Pfützen, und überall können die Böschungen abrutschen. Ich will nicht riskieren, dass eines der Tiere womöglich stürzt und sich ein Bein bricht. Die meiste Zeit muss ich sie führen und nach festem Boden suchen.'"

„Ein Sturz wäre weder für Pferd noch für Esel gut", stimmte die Lehnsherrin zu. „Irgendwelche Botschaften?", fragte sie knapp, denn sie wollte jetzt möglichst schnell wieder in das trockene Haus zurück.

„Oh, ja, das hätte ich beinahe wieder vergessen. Vergebt mir, Herrin, Ihr seht ja... ich hatte das schon vorgestern dabei. Vorsicht, damit das Pergament nicht nass wird."

Flink wechselte ein kleines versiegeltes Päckchen den Besitzer.

„Ah, das gut. Danke dafür", sagte die Frau, „da warten wir schon drauf. Ich geh' dann mal wieder rein. Gute Reise und viel Glück."

„Danke, das kann ich brauchen, Herrin", erwiderte der Bote und stieg in den Sattel.

Q'Kara schüttelte den nassen Überwurf in der offenen Haustür aus, damit nicht noch mehr Wasser auf den Fußboden gelangte. Auch so schon wurde langsam alles klamm und feucht hier drin. „Maja, mein Schatz", rief sie in die Wohnstube, „hier ist was gekommen."

„Eine Nachricht?"

„Ja. Ich mache sie gleich auf und lese sie Dir vor."

„Augenblick, ich nehme nur den Brei vom Herd."

„Gut, ich warte auf Dich."

Die Qash streifte den dicken Umhang ab und hängte ihn an einen Haken neben dem Ofen zu den anderen, die dort trockneten, und machte es sich dann auf der Bank gemütlich. Nebenan in der Küche klapperte es.

„Lass sehen." Schneller als ein Gedanke war die Frau wieder da.

„Das ist das Zeichen unseres Clans", erklärte das Nachtwesen der Freundin und zeigte auf die Versiegelung. „Siehst Du, ein fliegender Vogel und Sterne. Der Sternvogel-Clan."

„Jaja", erwiderte die voller Unruhe, „mach' es doch auf."

Die Weißhaarige erbrach das Siegel und faltete das Pergamentpäckchen auseinander. „Lass mich sehen… normal … auch normal… keine fremden Organismen… tja, mein Schatz, wie es aussieht, bist Du gesund, wohl genährt und kräftig. Du könntest die Saat annehmen und würdest es sehr wahrscheinlich überleben."

„Huh", machte die Bäuerin erschrocken, „das ist schön, oder? Dann bin ich also geeignet?" Sie war ganz aufgeregt bei dem Gedanken.

„Körperlich schon mal ja", erklärte ihre Geliebte. „Dann bliebe noch, mit Q'Andra oder einer anderen Lehrerin zu sprechen. Dazu müssten wir in die Stadt, aber ich denke, vor dem Frühjahr können wir nicht dorthin reisen."

44

„Schon gut, das reicht mir erstmal", erwiderte Maja. „Bei den Göttern, es könnte wahr werden. Es könnte wirklich wahr werden."

„Beruhige Dich doch." Q'Kara nahm sie in die Arme. „Wenn die Tage wieder länger werden, dann schreibe ich eine Antwort und frage darin, wann wir kommen können."

Die Frau nickte nur und schmiegte sich an die Gefährtin an. In ihrem Gesicht standen Lachen und Angst zugleich.

*

Kurz vor Mittwinter wandelte sich der endlose Regen endlich in Schnee. Am Tag des Mittwinters feierten sie Jul. Maja als die Mutter des Hauses dankte den Göttinnen von Licht und Erde und ihren Geistern für die Ernte des scheidenden Jahres und bat um Segen und eine gute Ernte für das Kommende. Dann wurden traditionell alle Lichter im Haus gelöscht, und die Bäuerin schlug mitten in der längsten Nacht aus Stahl und Stein das neugeborene Licht des neuen Jahres. Jeder zündete sich eines der Lichter an dem jungen Flämmchen an.

„Das Licht kommt zurück", rezitierte die Frau den uralten Spruch, und die anderen antworten: „Das Licht ist zurück."

Danach wurde das Beisammensein formloser. Mutter und Sohn brieten sich Äpfel im Ofen, und Q'Kara schlich sich leise zum Schuppen neben dem Stall, um zu holen, was sie dort versteckt hatte.

„Ich habe noch etwas für euch", sagte sie laut, als sie zurück war. „Ein Geschenk zu Jul. Ich habe vor ein paar Nächten einen Hasen oben am Waldrand erwischt. Vorsicht, er ist noch gefroren."

Und sie hielt den bereits abgezogenen Körper hoch. Auch Kopf und Läufe waren schon abgetrennt.

Die Köpfe der beiden Anderen drehten sich weg von den zischenden und brutzelnden Äpfeln im Ofen.

„Hasenbraten… oh mein geliebter Schatz, meine Zauberfee…"

Und ihre Geliebte sprang auf und fiel ihr um den Hals.

„Du bist einfach wunderbar."

„Für Dich immer." Die Qash lächelte zufrieden.

„Hast Du das Fell aufgehoben?"

„Das liegt noch im Schuppen und ist völlig hartgefroren."

„Ich könnte es gerben, weißt Du", erklärte die Bäuerin. Sie löste sich aus der Umarmung und drehte sich zu ihrem Sohn.

„Jo", sagte sie laut, „Du weißt ja, wenn Mama gerben will, dann Pipi nur noch in den großen Kessel im Stall."

„Ja, Mutter", antwortete der Junge. Der fast gare Apfel interessierte ihn mehr.

„Oh, was habe ich getan." Q'Kara fasste sich in gespielter Verzweiflung mit beiden Händen an den Kopf. „Es wird hier tagelang unerträglich stinken."

„Ach, der Kessel steht doch draußen", stellte ihre Freundin vergnügt fest. „Außerdem ist ja noch etwas Zeit. Denken wir jetzt doch lieber an den leckeren Hasenbraten, den ich uns morgen machen werde. Das neue Jahr fängt doch gut an", setzte sie hinzu, und leiser, nur an ihre Gefährtin gerichtet: „Danke, Schatz. Schade, dass Du nicht probieren kannst."

Sie drückte der blassen Frau einen Kuss auf die Wange.

„Würde ich wirklich gerne, wenn ich könnte. Man kann eben nicht alles haben. Aber dafür habe ich Dich glücklich gemacht", flüsterte die. „Das ist es wert."

*

In den Rauhnächten nach Mittwinter hatten die Drei Orakel befragt, was das neue Jahr für den oder die Einzelne bringen würde. Maja und Q'Kara zogen beide unabhängig voneinander die „Eis"-Rune aus dem Säckchen mit den hölzernen Tafeln. Das hieß, dass ihre Pläne in diesem Jahr noch nicht vorankommen würden und sie Geduld haben mussten. Die beiden nahmen es mit Humor und lachten.

Anders Jo. Er zog „Not", was bedeutete, dass es nicht gut für seine Pläne stand. Er war so unglücklich darüber, dass er einen Streit darüber anfing und noch einmal ziehen wollte. Seine Mutter belehrte ihn, das sei nicht erlaubt und er solle den Orakelspruch doch einfach sein lassen. Es sei ja nur ein alter Aberglaube. Doch der Jugendliche griff einfach in den Beutel und hatte „Hagel" in der Hand. Scheitern und Untergang. Er versuchte, sich zu beherrschen, keine Tränen zu zeigen und floh schließlich in seine Schlafkammer.

Nach ein paar Wochen hörte der Schneefall auf, und das Wetter wurde klar und kalt. Q'Kara ging in den Nächten oft allein nach draußen, um die Sterne anzusehen.

Maja flickte währenddessen in der Stube die Kleidung, die über das Jahr beschädigt worden war.

„Eine wunderbare Pracht", sagte die Qash, als sie durchgefroren wieder zurück in das Bauernhaus kam. „Man kann sogar die Ausläufer vom Vortex am Horizont sehen."

„Bringt es nicht Unglück, den anzusehen", wollte die Menschin wissen.

„Nein, mein Schatz. Ich darf Dir leider nicht sagen, warum, nur dass er nicht hierherkommen und die Welt verschlingen wird."

Das Nachtwesen setzte sich neben die Frau auf die Ofenbank und runzelte die Stirn. „Das sind doch meine Sachen", bemerkte sie. „Warum flickst Du meine Sachen? Ich kann das selber machen."

„Weil es mir Freude bereitet, es zu tun, Zauberfee."

„Aber…"

„Kein Aber. Mein geliebter Schatz wird nicht mit schäbigen und zerrissenen Kleidern herumlaufen", stellte die Bäuerin streng fest. „In diesem Punkt kannst Du noch von mir lernen, glaube ich."

„Bin nicht ich hier die Herrin?", fragte die Qash mit einem Lächeln.

„Eigentlich schon." Die Frau grinste vergnügt. „Aber gib es doch zu, Du bist Wachs in meinen Händen."

Q'Kara kicherte leise. „Komm, lass das liegen für heute. Es ist kalt, wir sollten uns unter der Decke gegenseitig wärmen. Und wenn ich ehrlich bin, vermisse ich Deine neugierigen Fragen."

Reise

Die Zeit bis zum Frühling war schnell vergangen. Eines Tages waren die letzten verharschten Schneereste verschwunden und es blies ein warmer Wind. Die Wege waren noch schlammig, aber Q'Kara schrieb wie versprochen eine Antwort auf die Nachricht, die der Bote gebracht hatte, und gab sie diesem mit den morgendlichen Milchkannen mit.

Jos Befürchtungen wegen des Rauhnachtsorakels erfüllten sich ebenfalls schnell. Eines Abends kam er heulend wie ein Kind nach Hause und warf sich auf den Schoß seiner Mutter. Die bekam schnell aus ihm heraus, dass seine vermeintliche Freundin Mia sich über den langen Winter kurzerhand mit einem Anderen getröstet hatte.

Die Lehnsherrin gab ihm verschiedene Aufgaben, damit er von seinem Kummer etwas abgelenkt wurde, worüber der Junge beinahe dankbar wirkte.

Der Bote brachte zuerst eine Nachricht von Q'Andra aus der Stadt zurück. Sie war kurz und lautete, „Kommt in der Woche nach Ostara." Ostara, die Tagundnachtgleiche, was nicht mehr allzu fern, was Maja verständlicherweise etwas nervös machte.

Die zweite Nachricht kam von Q'Ermo, dem Qash, der Q'Kara im letzten Jahr während ihrer Reise vertreten hatte. Er kündigte an, das dieses Jahr wieder tun zu wollen und dabei zwei kräftige Knechte mitzubringen, die von da an auf dem Rosenhof helfen sollten.

Die dritte Nachricht kam vom Weidenhof, auf der anderen Seite von Schnakenbeck. Der dortige Lehnsherr wollte wissen, ob er eine Magd, die den Hof verlassen müsse, bei Maja in Dienst geben könne.

„Ach, erst ein Winter voller Nichtstun, und dann alles auf einmal." Die Bäuerin schimpfte vor sich hin. „Drei neue Leute hier, ich weiß nicht, wie wir die satt bekommen. Wir brauchen doch auch Saatgetreide."

„Ja, mein Schatz. Wir brauchen sogar mehr Saatgetreide als letztes Jahr, weil nämlich die Brache bis hinauf zum Waldrand auch umgepflügt wird", erklärte ihre Freundin. „Deswegen bekommen wir etwas aus den Speichern. In den nächsten Jahren wird es viel größere Ernten geben, und wir geben das in die Speicher zurück, was wir uns genommen haben."

„Wie soll ich das alles nur schaffen?" Ich muss auch noch packen. Ich kann doch nicht zu den Herren in den Tempel reisen nur mit diesen Lumpen an", sagte die Frau mehr zu sich selbst.

„Schatz."

„Ja?" Maja drehte sich um und sah zu ihrer Geliebten.

„Bleib bitte ruhig. Es wird für alles gesorgt."

„Was täte ich nur ohne Dich, Zauberfee."

*

Der Tag der Abreise war schon bald da. Zwei Tage vorher kam Q'Ermo mit den beiden Knechten, die argwöhnisch von Maja beäugt wurden. Allerdings wurde die Bäuerin schon bald besänftigt, weil die Beiden einen ganzen Schinken als Einstandsgeschenk mitbrachten.

Die Ankömmlinge waren noch dabei, sich in einer Ecke im Stall etwas einzurichten, da erschien ein schlankes, großes Mädchen im Hoftor, das erzählte, vom Weidenhof geschickt worden zu sein. Sie hieß Lika und war war sehr schweigsam. Nur ihr betrübter Blick ließ ahnen, dass sie nicht in gutem Einvernehmen aus ihrem bisherigen Heim geschieden war.

Q'Kara entschied, später nachzuforschen. Der Lehnsherr vom Weidenhof hatte von keiner Verfehlung berichtet, und so konnte man die Sache bis zur Rückkehr der beiden Frauen aus der Stadt aufschieben.

Am Abend gab es zur Begrüßung für die Neuen ein geselliges Beisammensein in der Wohnstube des Bauernhauses. Scheiben von dem Schinken fanden dankbare Abnehmer, und eine dickflüssige Grütze füllte die hungrigen Mägen der Angekommenen.

Die beiden Qash teilen sich die Milch und fanden, dass der Bote am nächsten Morgen wohl nichts mehr abzuholen hätte.

Lika blieb still, lächelte nur manchmal etwas, wenn die Stimmung heiter wurde.

Als es später wurde, sah der stellvertretende Lehnsherr, der die immer noch zweifelnden Blicke Majas bemerkt hatte, seine beiden Begleiter ermutigend an und bemerkte: „Na, los, sagt es ihnen."

Die beiden Knechte sahen sich an, und der jüngere nickte. Dann begann der ältere von Beiden eine kurze Ansprache.

„Herrin, und auch Ihr, Hausmutter", sagte er langsam, „ein kundiges Auge bemerkt wohl, dass ihr beiden einander zugetan seid."

Er blickte die Frauen nacheinander an, und die Bäuerin dachte, *er muss ganz aus dem Westen sein, so merkwürdig wie er spricht.*

„Wie soll ich sagen…"

Der Andere stubste ihn ermutigend an.

„…wir sind es auch."

Q'Kara nickte ihnen mit zustimmendem Lächeln zu, und sah die Überraschung und Erleichterung im Gesicht ihrer Liebsten. Spontan griff sie nach der Hand der Gefährtin und hob sie hoch, woraufhin Jonas und Max es ihnen gleich taten und fröhliches Gejohle in der Gruppe ausbrach.

„Ich habe doch gesagt, ich finde eine Lösung für euer Problem mit den Knechten", flüsterte Q'Ermo der Lehnsherrin zu. „Die beiden sind schon von einigen Höfen fortgejagt worden, obwohl sie gute Arbeiter sind."

„Ja, ich weiß… in Schnakenbeck auf dem Markt wirft man uns auch manchmal komische Blicke nach. Sie trauen sich natürlich nicht, etwas zu mir zu sagen."

„Was auch gut so ist." Der Mann klopfte ihr anerkennend auf die Schulter.

Derweil war Jo aufgestanden und hatte verkündet, dass dies doch eine gute Gelegenheit war, mit einem Becher Dünnbier für alle, die nicht lieber Milch wollten, auf die beiden Paare anzustoßen, was natürlich auf lautstarke Zustimmung stieß.

„Oh je, die Vorräte schwinden", murmelte seine Mutter. „Aber wer weiß, wozu es gut ist. Es ist besser, alle verstehen sich und es gibt keinen Unfrieden auf dem Hof."

Es wurde noch viel später an diesem Abend, und es blieb auch nicht bei einer Runde auf das Wohl der beiden Paare.

Am nächste Morgen hatte die Bäuerin verschlafen und wunderte sich, Lika schon beim Melken vorzufinden, als sie in den Stall kam.

„Ihr müßt doch Eure Sachen ordnen, wenn Ihr heute Abend abreist", erklärte die junge Frau.

„Du bist ein kluges und aufmerksames Mädchen", erwiderte Maja. „Wenn Du so weiter machst, wirst Du hier nichts zu befürchten haben. Ich weiß nicht, was Dich vom Weidenhof vertrieben hat. Nimm Dir Zeit, wir können später darüber reden."

Die Magd nickte nur und wandte sich wieder dem gefüllten Euter zu.

*

Ein letzter Blick zurück zeigte den beiden Frauen, die beide ihr Bündel trugen, dass die Zurückbleibenden noch immer winkten, Jo mit stolz geschwellter Brust, weil er nun wenigstens für einige Zeit die Verantwortung des Jungbauern trug. Dann verschwanden sie hinter der ersten Wegbiegung.

Maja nahm die Hand ihrer Freundin. „Merkwürdig", sagte sie.

„Warst Du noch nie auf Reisen?", wollte Q'Kara wissen.

„Nein, nie. Nur bis zum Markt in Schnakenbeck, aber das ist ja nicht weit. Wo werden wir denn schlafen, wenn wir uns müde gelaufen haben?"

„Die Boten haben uns angekündigt. Wir werden in den Nächten bis zu einem bestimmten Lehen gehen und dort rasten. Bei uns waren doch auch schon mal Wanderer zu Gast, erinnerst Du Dich?"

„Also schlafen wir im Stall im Stroh..." Die Frau kiekste fröhlich bei dem Gedanken. „Das haben wir noch nie zusammen gemacht."

Der Weg schlängelte sich durch die Wälder und Felder, und schon bald wurde es so dunkel, dass die Qash ihre Geliebte führen musste. Später ging dann der Mond auf, und in seinem Licht konnte die Bäuerin selbst ihre Schritte setzen, solange keine Wolke ihn verdeckte.

Im Morgengrauen erreichten sie ihr Etappenziel. Maja nickte fast im Stehen ein, noch ehe die dortige Bauersfrau ihnen einen Krug Milch und etwas Brot und zwei schrumpelige Äpfel für Maja bringen konnte. Sie verschliefen den Tag im Stroh des Stalles und brachen am Abend wieder auf.

Der Himmel hatte aufgeklart, und der zunehmende Mond erhellte den Boden auch genügend für die Menschin. Q'Andra hatte den Zeitpunkt der Reise gut vorausgeplant.

In der Morgendämmerung veränderte der Weg sich. Offenbar wurde daran gearbeitet. Die Reisenden gingen um die Stelle herum und erblickten das Pflaster, das den schmutzigen und unebenen Pfad von hier an ersetzte.

Maja, die dergleichen noch nie gesehen hatte, setzte vorsichtig einen Fuß darauf.

„Na komm", ermunterte Q'Kara sie. „Das nennt man eine Straße. Darauf kann man viel leichter und schneller laufen, und wenn es regnet, dann fließt das Wasser ab und bildet keine Pfützen. Auch Wagen kommen viel schneller voran."

Sie verschwieg, dass insbesondere letzteres im Sinn der Qash gewesen war, die die Straßen bauen ließen. Wagen voller Krieger konnten auf festen Straßen deutlich schneller an die Grenze des Landes gebracht werden, falls dort Feinde nach Nedellon eindringen sollten. Allerdings würden die bequemeren Verbindungen durchaus auch den Handel fördern.

„Stimmt", stellte ihre Begleiterin fest. „Es geht sich viel leichter, und man muß auch nicht ständig nach Löchern oder Steinen gucken."

„Siehst Du."

Sie erreichten ihr zweites Etappenziel ohne weite Ereignisse.

*

In der dritten Nacht kamen sie schnell voran. Ein Reiter überholte sie im Galopp, und ein anderer nächtliche Wanderer begegnete ihnen, der mit Q'Kara einen kurzen Gruß austauschte.

Die Qash merkte, dass ihrer Freundin die Füße wehtaten, denn sie war es nicht gewohnt, so weite Strecken zu laufen.

„Ich könnte Dich ein Stück tragen", schlug sie der Bäuerin vor, „dann kommen wir schneller voran. Wir müssen das letzte Stück leider bis zum Morgen schaffen."

„Kommt überhaupt nicht in Frage", erwiderte die beinahe empört. „Von meiner Herrin getragen werden. So weit kommt es noch."

Aber sie wurde für ihre Mühen entlohnt. Im Morgengrauen sah man die Mauern und Türme in der Ferne, und als es heller wurde, konnte man auch das alles überragenden Bauwerk in der Mitte erkennen.

„Sag jetzt nicht, *das* ist euer Tempel", flüsterte Maja, die die Augen nicht davon abwenden konnte, ehrfürchtig. „Der muss ja riesig sein."

„Ist es. Und das ist nur der Ostflügel. Es wird noch viel größer werden."

„Ihr baut nur den Ostflügel?", fragte die Menschin ungläubig.

„Zuerst, ja. Damit wir dort schon mal ungestört wohnen und arbeiten können, während der Rest gebaut wird. Sonst würde es viel länger dauern, und wir müssten so lange in den kleinen engen Häusern bleiben."

Kurz vor Sonnenaufgang erreichten die Beiden das Stadttor. Der Büttel der Stadtwache, diesmal ein anderer, wollte zwar die Qash einlassen, verlangte aber den Torzoll für ihre Begleiterin. Q'Kara, die wusste, wie abgekämpft ihre Gefährtin von dem langen Marsch war, gab schließlich verärgert nach und warf dem Mann die zwei Kupferstücke zu.

„Das dauert mir sonst zu lange", grollte sie und schnappte sich ihre Geliebte, um in dem schattigen Tor mit ihr zu verschwinden.

„Das ist viel größer als Schnakenbeck", stellte Maja fest, die in den engen Gassen zwischen mehrstöckigen Häusern schnell die Orientierung verloren hatte. Sie zog prüfend die Luft ein und bemerkte dann: „Und Du hattest Recht, mein Schatz. Es *stinkt* hier."

Die Lehnsherrin musste daraufhin kichern. „Danke, dass Du mich aufgeheitert hast", antwortete sie.

Schließlich erreichten sie den Marktplatz, wo bereits geschäftig Stände für den Tag aufgebaut wurden.

„Oh, heute ist Markt." Die Frau sah neugierig auf die Warenbündel, konnte aber nicht erraten, was dort alles feilgeboten wurde.

„Hier ist jeden Tag Markt", erwiderte ihre Freundin. „Komm jetzt. Das da ist unser Heim. Gästehaus, wie es bei uns heißt."

Sie zog die Bäuerin in Richtung eines heruntergekommenen Patrizierhauses mit geschlossenen Fensterläden und klopfte dort an die Tür. Es dauerte einige Zeit, bis ein Krieger der Qash öffnete.

„Es ist keiner mehr hier, Herrin", erklärte er. „Die sind jetzt alle drüben im Refugium. Ich warte hier nur auf meine Ablösung."

„Seltsam. Meine Begleiterin wird doch erwartet", antwortete Q'Kara.

„Ah, jetzt verstehe ich. Vorstellungsgespräch." Der Mann fasste sich an die Stirn. „Entschuldigt, Herrin, ich bin müde."

„Schon gut."

„Eure Begleitung kann natürlich hierbleiben. Wir nutzen das hier nur noch als Gästehaus. Es sind noch andere Menschen da, die sich auch bewerben wollen."

Nach kurzem Überlegen setzte der Mann hinzu: „Moment, ich sehe nach, ob noch etwas von dem Eintopf übrig ist, sie ist sicher hungrig. Und ein kleines Zimmerchen unter dem Dach müsste auch noch frei sein."

Als die Qash ihre Geliebte sicher untergebracht und verpflegt wusste (die Arme war beim Essen fast eingeschlafen), machte sie sich auf den Weg zum Refugium, wo auch sie Milch und Unterkunft finden würde.

Approbation

Es dauerte zwei Tage, bis Maja zum Gespäch mit Q'Andra vorgelassen wurde. Im Inneren des Refugiums waren bestimmte Bereiche durch zwischen den Säulen gespannte Tücher abgeteilt worden. Nicht nur der hohe Mittelteil, an dem noch immer gearbeitet wurde und von dem zuweilen Mörtel herabfiel, war so gesperrt. In einem der auf diese Weise entstandenen kleinen Räume bat die Qash die Neuangekommene, sich auf einem Stuhl hinzusetzten und fragte zunächst nach Namen und Herkunft.

Q'Kara, die draußen wartete, wurde von Q'Thrandil schon erwartet und in ein Gespräch verwickelt, denn er ahnte schon, dass sie sonst nur lauschen würde, wie ihre Liebste sich in ihrer Prüfung schlug.

„Komm Kind, lass uns ein wenig zwischen den Säulen wandeln", sagte der Älteste und nahm sie kurzerhand am Arm. „Es beruhigt den Geist, ein paar Runden zwischen diesen steinernen Stämmen zu gehen und die Gedanken loslassen zu können."

„Herr, wenn Ihr meint", gab die Frau zurück, die nicht wusste, was sie sonst antworten sollte. Ältesten widersetzte man sich einfach nicht.

„Du hast sicher die Straße gesehen, die wir bauen lassen. Ist nicht die Einzige", erklärte er kurzerhand, „und wenn die alle bis an die Grenzen dieses Landes reichen, werden wir Poststationen an ihnen errichten. Bedenke nur, ein Bote kann dann in einer dieser Stationen sein müdes Pferd wechseln und sofort weiter reiten. Eine Botschaft von... wo kommst Du noch her?"

„Schnakenbecker Land", erklärte die Besucherin knapp.

„Also, vom Schnakenbecker Land würde eine Nachricht in wenigen Stunden hier sein. Das ist doch großartig oder?"

„Ja, Herr", erwiderte die Frau hilflos und versuchte, zu dem Prüfungsraum zurückzublicken.

„Und die Milch könnten wir sammeln und viel schneller bis in unsere Krypta bringen", fuhr der Mann fort. „Und erst die Wagen mit Kriegern wären schnell zur Stelle. Weder die Lazar noch die Westländer könnten ungestraft an unseren Grenzen plündern."

„Ja, Herr, aber warum sagt Ihr mir das alles?", fragte Q'Kara und sah noch einmal den Weg zwischen den Säulen zurück.

„Weil wir Dich hier brauchen. Du bist schon lange so weit, von der Lehnsherrin in den Rang der Lehrerin aufzusteigen. Wir brauchen Leute wie Dich, um die Krieger anzuführen."

„Ich dachte, ich soll Navigatorin werden", erwiderte die Frau überrascht.

„Das wirst Du auch", erklärte Q'Thrandil. „aber die Zeit der Reife ist noch fern, und in Deiner Jugend bei den Raubgesellen hast Du die eine oder andere List gelernt. Dieses Wissen würden wir sehr gerne nutzen."

„Ach so."

„Keine Sorge, Deine Liebste wirst du noch viele Jahrhunderte sehen. Scheint eine kluge junge Frau zu sein. Ich habe keinen Zweifel, dass sie bei uns bleiben wird."

Der Mann lächelte ihr aufmunternd zu. Dann veränderte sich sein Gesichtsausdruck, als er etwas sah. In einem der seitlichen Eingänge winkte eine andere Älteste ihm.

„Oh, Moment. Warte bitte hier, ich bin gleich zurück."

Die Lehnsherrin konnte natürlich nicht anders, als zu lauschen, was dank der Gewölbe über den Säulen auch nicht schwer war.

„Was willst Du denn, mein Schatz", hörte sie den Mann sagen.

„Ich habe etwas wahrgenommen. Dachte zuerst, es sei einer von den Arbeitern oben auf dem Dach, aber das stimmte nicht. Ist jemand Fremdes hier? Heute sind doch gar keine Untersuchungen", antwortete die Frau. Q'Kara bemerkte die leichte Aufregung in ihrer Stimme.

„Eine ist hier, sie hat gerade ihr Gespräch mit einer Lehrerin", erwiderte der Älteste. „In dem kleinen Zelt neben dem Eingang, Du weißt ja."

„Ich werde nachsehen", sagte sie , „wir sehen uns dann später, Thran."

„Ja, mein Schatz."

Der Mann kam zurück zu seiner ersten Gesprächspartnerin und entschuldigte sich für die Unterbrechung.

„Tut mir leid", erklärte er, „es muss wichtig für sie sein, sonst hätte sie uns nicht gestört. Ist sonst nicht ihre Art."

„Vielleicht etwas mit Maja", mutmaßte die Besucherin besorgt.

„Könnte sein. Q'Mora hat eine sehr feine Wahrnehmung, weißt Du. Sie ist Telepathin, und das ist etwas äußerst Seltenes in dieser Welt." Er bemerkte die Verunsicherung der jüngeren Qash und fügte hinzu: „Nun bleib ruhig, Kind. Wenn sie etwas Negatives oder Schädliches in Deiner Freundin wahrgenommen hätte, dann dann hätte die nie unser Refugium betreten, glaub mir. Ich fürchte eher das Gegenteil."

*

„Ich mag Q'Andra", sagte Maja, als ihre Freundin sie aus dem Prüfungsraum aus gespanntem Stoff abholte. Die andere Qash wiederum nickte nur kurz und gab mit der Hand ein schnelles Zeichen, das soviel wie „gut" bedeutete.

„Sie ist Deine Mutter, sozusagen, nicht wahr?", fragte die Probandin, die es nicht bemerkt hatte.

Q'Kara, nun beruhigt, nickte. „Ja, aber wir sagen ‚Elter' dazu. Das hab ich doch schon erzählt."

„Ja. Und weißt Du, mittendrin kam noch eine andere Herrin herein. Die muss eine ganz Ehrwürdige sein, denn die Lehrerin, die mit ihr sprach, neigte den Kopf vor ihr."

„Das war eine unserer Ältesten."

„Höher als eine Navigatorin?" Die Frau zwinkerte ihrer Gefährtin schelmisch zu. Sie war offenbar sehr erleichtert, dass das lange erwartete Gespräch vorbei war.

„Ja, viel höher als Navigatoren, Architekten und Ingenieure", erklärte ihre Geliebte.

„Naja, sie kam herein, sagte aber nichts. Sie sah mich nur an. Ich hatte fast das Gefühl, ich könnte ihre Stimme in meinem

Kopf hören. So wie im Traum, weißt Du? Und dann lächelte sie sehr freundlich und ging wieder hinaus. Ich fühlte mich glücklich und geborgen danach."

„Ich würde sagen, das war eine hohe Ehre", stellte die Andere fest. „Älteste beschäftigen sich sonst nur selten mit Menschen. Das ist ein gutes Zeichen."

„Glaubst Du? Das wäre so schön…"

„Gefällt es Dir hier?", fragte die Qash, um ihre Freundin abzulenken. Man sieht zwar nicht viel außer den Säulen und den Stoffbahnen, weil sie oben immer noch bauen…"

„Oh ja", erwiderte Maja. Es ist so schön sauber hier. Still und kühl. Und so viel Platz. Die Glasfenster über der Tür sind so bunt." Sie schmunzelte, immer noch erleichtert, und setzte hinzu: „Und es stinkt nicht."

„Fenster gibt es noch viel größere und schönere hier", bemerkte ihre Freundin. „Hm, hast Du Hunger? Wir könnten auf den Markt gehen und ein paar Leckereien kaufen. Magst Du Fleischspießchen mit Honigsoße? Die hab ich da gesehen. Beim Großen Werk, in meiner Jugend hätte ich getötet dafür…"

*

Da es noch andere Menschen gab, die auf ein Gespräch warteten, dauerte es zwei weitere Tage, ehe die beiden Frauen das Ergebnis des Gespräches erfuhren. Die meisten der anderen Prüflinge hatten noch ihre Blutprobe abgeben müssen, und etwa ein Drittel von ihnen wurden daraufhin abgelehnt. Die häufigste verborgene Krankheit in ihrem Blut war Syphilis.

Nach den Gesprächen der anderen Menschen leerte sich das Gästehaus am Marktplatz weiter. Einige hatten wohl ein bequemes Leben als Herren mit Dienern erwartet und waren nicht bereit, ihre Kraft für ein nicht näher definiertes „Großes Werk" einzusetzen.

Maja und Q'Kara verbrachten die Zeit zusammen in der kleinen Kammer, die die Probandin bewohnte. An den Abenden gingen sie gemeinsam über den Markt, und die Qash zeigte ihrer Freundin wenigstens die Außenseite des Refugiums, das im Grunde genommen die einzige Sehenswürdigkeit der Stadt Nadan war.

In der Nacht, an dem das endgültige Ergebnis kundgetan werden sollte, war die Lehnsherrin überrascht, dass die Beiden zu dem Gemach von Q'Thrandil geführt wurden. Neben Q'Andra waren dort unter dem großen bunten Fenster auch die beiden Ältesten anwesend. Das war in dieser Form sonst nicht üblich.

„Also, zuerst die gute Nachricht", eröffnete der Mann das Abschlussgespräch. „Maja erfüllt unsere Kriterien für eine Aufnahme auch ohne die kleine Besonderheit, die sie besitzt. Du kannst Dich uns anschließen, wenn das wirklich Dein eigener Wille ist." Er lächelte der Frau aufmunternd zu.

„Da ist aber noch etwas anderes", erklärte er weiter. „Wie meine Standesgenossin hier festgestellt hat, verfügt die Kandidatin auch über eine äußerst seltene und wertvolle Gabe, von der sie noch nichts weiß."

Q'Mora ergriff nun das Wort. Sie sprach sehr leise und wendete sich direkt an die Menschin.

„Wir würden es sehr schätzen, wenn Du Dich uns anschließen würdest. Du würdest die Saat von mir bekommen."

„Was wiederum durchaus nicht üblich ist", erklärte der andere Älteste. „Mit einer Ältesten als Elter und Deiner Gabe könntest Du sehr hoch aufsteigen bei uns."

Die Bäuerin musterte die Qash, die gesprochen hatte, nachdenklich. Sie trug ihr weißes Haar aufgesteckt, so dass es eine Art Reif auf ihrem Kopf bildete. Es sah fast aus wie eine kleine Krone. Bedeutete das etwas?

„Herrin, Herr, ich bin zutiefst dankbar für diese große Ehre", antwortete sie unterwürfig.

„Dann kommen wir zu dem, was vielleicht nicht so gut in eure Pläne passt", sagte Q'Thrandil. „Q'Mora möchte am liebsten, dass Du gleich hier bleibst. Ich weiß aber von Q'Andra, dass ihr Zwei noch einiges in eurem Heim zu erledigen habt."

„Vergebung, Herrin", presste Maja heraus. „Ich kann noch nicht bleiben. Mein Sohn ist noch zu jung, um den Hof zu führen. Gebt mir wenigstens noch ein Jahr."

„Kind, was verlangst Du da", antwortete die Älteste mit ruhiger, kaum hörbarer Stimme. „So jemand wie Dich gibt es kein zweites Mal in diesem Land. Vielleicht auf der ganzen Welt nicht. Du bist viel zu kostbar, um Dein Leben zu riskieren. Wenigstens gibt es keine Wegelagerer mehr, aber da draußen sind so viele Gefahren, die Dein Leben schnell beenden könnten. Die Kälte im Winter könnte Dich krank machen und sterben lassen."

„Es geht doch nicht, Herrin. Gebt mir wenigstens etwas Zeit, alles zu regeln."

Q'Mora sah zu der Lehnsherrin, die stumm zugehört hatte. „Was sagst Du dazu?"

„Herrin, sie hat recht. Erst vor unserer Abreise bekamen wir Knechte und eine Magd, die helfen können. Aber diese neu gefundene Gruppe braucht noch etwas Aufsicht, bis sie reibungslos funktioniert", erklärte die. „Und ich versichere Euch, dass ich Maja mit meinem Leben vor allem Unbill schützen werde."

„Hm. Na gut. Letzteres ist ein Punkt."

„Vielleicht können wir einen Kompromiss finden", warf Q'Thrandil sanft ein. Q'Kara glaubte nicht recht zu hören. Man machte eigentlich keine Kompromisse mit Ältesten, sondern gehorchte.

„Ihr bekommt die Zeit bis nach der Ernte. Das sollte reichen, um alles zu regeln und euch zu verabschieden. Was sagst Du, Kind?"

„Das ist kurz, Herr… aber ich werde es versuchen", erwiderte die Menschenfrau.

Der Mann sah zu seiner Begleiterin mit der Haarkrone, sagte aber nichts. Die runzelte zuerst die Stirn, machte aber schließlich ein besänftigtes Gesicht.

„Dann soll es so sein. Findet euch unmittelbar nach der Ernte hier wieder ein. Q'Kara, bleib bitte noch einen Augenblick, damit wir Deine Nachfolge auf dem Lehen besprechen können. Maja kann draußen auf Dich warten."

Veränderung

Maja war müde gewesen von den dauernden Umstellungen zwische Tag- und Nachtaktivitäten. Das und die langen Märsche zurück auf das Land ließen sie die ersten beiden Tage der Rückreise sofort schlafen, wenn die Beiden ihren jeweiligen Rastplatz erreichten.

Auf dem letzten Lehnshof, auf dem sie den Tag verschliefen, war die Frau nicht im Stroh, als Q'Kara am Abend erwachte. Die Stalltür stand offen, und die Qash blinzelte aus dem Schatten des Gebäudes nach ihrer Liebsten, die im Hof stand und sich umsah. Langsam und aufmerksam, so als bereitete sie sich darauf vor, einen Ort wie diesen bald nicht mehr wiederzusehen.

„Was machst Du denn da", fragte sie die Frau verschlafen.

„Ach, ich wollte den Tag genießen", erwiderte die, „es ist doch merkwürdig. Etwas, das man immer hat, bemerkt man gar nicht. Erst, wenn es einem bald genommen wird, merkt man, wie kostbar und schön es ist."

„Mein Schatz, allein für diese tiefen Gedanken müsste man Dich schon lieben", erwiderte die weißhaarige blasse Frau gerührt.

Die Angesprochene dreht sich um und lächelte. „Und Dich dafür, dass Du es bemerkt hast."

„Wie lange noch bis Sonnenuntergang?"

„Vielleicht eine Stunde noch."

„Dann mache ich noch ein Nickerchen, und Du siehst Dich hier draußen satt."

Statt einer Antwort warf die Frau ihrer Freundin eine Kusshand zu.

*

Als die Beiden am nächsten Morgen das Tor des Rosenhofes erreichten, schien niemand zu Hause zu sein. Erst nach etwas Suchen entdeckten sie Lika, die einen Teil des Gartens umgrub, um das Gemüsebeet zu vergrößern.

„Guten Morgen", sagte die Bäuerin.

„Guten Morgen Herrinnen. Ihr seid zurück.", antwortete die Magd.

„Wo sind denn die anderen alle?"

„Auf dem neuen Feld. Sie pflügen den Mist unter..."

„Der Misthaufen... stimmt, er ist weg. Ist mir gar nicht aufgefallen", murmelte Maja vor sich hin. „Meine Güte, die waren ja wirklich fleißig."

„Ist mir doch gleich aufgefallen, dass die Luft hier auf einmal viel besser ist", neckte Q'Kara sie.

„Kommt Herrin, und auch ihr, Herrin", sagte Lika und wusch sich die von der Gartenarbeit schmutzigen Hände in einem bereitstehenden Kübel voller Wasser. „Ihr müsst doch hungrig sein. Der Bote hat euch heute früh angekündigt, da habe ich Euch etwas Brei und für Euch einen Krug Milch aufgehoben."

Die Frauen folgten der Jüngeren in das Haus.

*

Jo schien an der Rolle des Jungbauern zu wachsen. Er wirkte breiter und selbstsicherer als früher. Seine Mutter sagte, dass sie sich noch eine Weile ausruhen müsse und er so lange gern noch weiter der Jungbauer bleiben könne.

Ihrer Liebsten gestand sie, dass sich ein Leben hier in Erde und Deck nicht mehr recht vorstellen konnte, jetzt, da sie den Tempel gesehen hatte. Auch wenn sie nicht recht wusste, was sie dort erwartete.

„Ein Jahr als Novizin", erklärte ihr Q'Kara geduldig wie immer, „und danach wirst Du wie alle zuerst als Kriegerin ausgebildet."

„Oh? Ich muss kämpfen?"

„Nein, aber verteidigen musst Du Dich können, falls einmal eine Notsituation eintreten sollte. Jeder von uns muss das."

„Ich dachte, vielleicht tun das nur die Männer..."

„Schatz, Du hast doch nun gesehen, dass wir alle gleich sind. Ja, wir waren alle früher Frauen und Männer. Aber das, was uns dazu gemacht hat, ist für immer verschwunden, auch wenn es äußerlich noch zu sehen ist." Die Qash blickte ihrer Freundin in die Augen.

„Schon, ja…" Maja zog die Brauen zusammen. „Bei den Ältesten auch? Was ist mit Q'Mora? Ist sie die Königin?"

Das Nachtwesen kicherte leise. „Ja, bei den Ältesten auch. Einen König haben wir nicht. Der Erste der Ältesten ist der Ahnherr. Sein Name ist Q'Etu, und er gilt als Anführer des Sternvogel-Clans, wenn so etwas wirklich einmal eine Rolle spielen sollte. Und falls es unter den Ältesten so etwas wie eine Reihenfolge gibt, dann ist Q'Mora sicher die Zweithöchste."

„Aber sie und Q'Thrandil stehen sich auch nahe, oder?"

„Wie hast Du das gemerkt?"

„Blicke. Kleinigkeiten wie Bewegungen, wenn sie beieinander stehen", erklärte die Bäuerin.

„Dann sieht man uns das sicher auch an, oder?"

„Mit Sicherheit", erwiderte die Frau.

Über Jonas und Max stellte sich heraus, dass sie aus dem Westland geflohen waren. Sie hatten erzählt, dass man dort Männer wie sie tötete oder zumindest als vogelfrei erklärte. Da sie etwas Besseres als den Tod in Nedellon allemal finden konnten, hatten sie kurzerhand in einer nebligen Nacht die Alte Brücke über den großen Strom überquert. Ihre Heimat schickte ihnen zum Abschied nur ein paar schlecht gezielte Pfeile hinterher, die glücklicherweise keinen von beiden verletzten.

Lika teilte das Schicksal Jos, nur dass in ihrem Fall nach einem Sommer des Glückes etwas in ihr heranwuchs. Ihr Freund hatte sich daraufhin zu einer anderen Magd gesellt und leugnete jede Verantwortung. Ob aus Trauer und Schmerz oder mit der Hilfe einer kundigen Kräuterfrau, die junge Frau verlor das ungeborene Kind daraufhin. Das Gesinde des Weidenhofes flüsterte daraufhin hinter ihrem Rücken, sie sei eine Kindsmörderin. Sie wurde behandelt wie eine Aussätzige. Der Lehnsherr des Hofes, der wohl um die Geschehnisse wusste, erlaubte ihr daraufhin, den Weidenhof zu verlassen. Maja sah Lika und Jo des Öfteren im Hof stehen und miteinander reden. Sie schienen durch gemeinsames Leid Freunde geworden zu sein, und das war vielleicht wichtiger als das Andere.

Q'Ermo schien sich an den Rosenhof gewöhnt zu haben und blieb ein paar Tage länger als nötig, nicht als Stellvertreter von Q'Kara, sondern als Gast. Auf den nächtlichen Runden sprachen die beiden Qash über verschiedene Dinge.

„Ich habe Dich als Nachfolger vorgeschlagen", erzählte die Frau in einer der Nächte, als sie gemeinsam lautlos über die Nordweide schlichen.

„Tatsächlich? Das ist nett. Vielen Dank."

„Ich hatte so das Gefühl, Dir gefällt es hier."

„Naja. Ich habe lange Vertretungen gemacht, wißt Ihr", erzählte er. „Aber auf vielen Höfen ist zu viel los. Streit und Intrigen, die Kinder streiten sich darum, wer den Hof erbt. Hier war alles so schön ruhig und friedlich."

„Wenn Du noch ein Lehen willst, solltest Du Dich beeilen", verriet die Frau ihm. „Sie haben vor, die Anzahl der Höfe zu verkleinern. Größere Gutshöfe sollen mehr Nahrung erzeugen. Du könntest etwas machen aus dem Rosenhof."

„Gut zu wissen", bemerkte Q'Ermo. „Vielen Dank. Aber ich weiß ja, dass es so sein muss. Wir wissen ja alle, ‚es braucht nur Wenige zum Herrschen, aber Millionen, um einem Land Kultur und Technologie zu verschaffen.' Und das ist es ja, was wir brauchen. Mehr Menschen, und denen müssen wir zu Essen geben."

„Mhm." Q'Kara wusste, dass er recht hatte.

„Ah, das ist eine schöne Nacht", flüsterte der Mann nach einer Pause. „Man sieht den Kissennebel noch. Und ein kleines Zipfelchen vom Vortex."

„Warum nennst Du ihn so? Du weißt doch, dass das kein alles verschlingender Wirbel ist", wollte die Frau wissen.

„Weil ich es oft Menschenkindern erklärt habe, was da nachts am Himmel zu sehen ist", antwortete der Mann. „Sie werden es doch ohnehin herausfinden, in ein paar hundert Jahren."

*

Der Sommer verging wie im Flug. Für Maja veränderte sich die Arbeit am meisten. Sie hatte genug damit zu tun, für die beinahe verdoppelte Anzahl hungriger Mäuler zu kochen, und mehr Menschen auf dem Hof bedeuteten auch mehr schmutzige Wäsche.

Die neue Magd nahm ihr die Sorge um die Kühe und die Hühner ab, und nebenbei verwandelte sie den früher kärglichen Küchengarten in ein kleines grünes Paradies, das die von der Bäuerin komponierten Speisen eins ums andere Mal bereicherte.

Nach Mittsommer wurde das Wetter heiß und trocken. Die Bewohner des Lehens sorgten sich schon, dass das der Ernte schaden würde, aber es zeigte sich, das der neue Acker am Waldrand von diesem mit genügend Feuchte versorgt wurde. Was auf dem kleinen Feld des letzten Jahres vertrocknete, wuchs auf den neuen Feld doppelt nach.

Eines Tages sah Maja ihre Freundin, die Lehnsherrin, nachdenklich an. „Jetzt ist es bald soweit", sagte sie leise. „Ich möchte natürlich nichts sehnlicher als mit Dir gehen. Nur hängt mein Herz noch an all dem hier, das so lange meine Heimat war."

„Loslassen ist nie leicht", erwiderte die. „Tröste Dich mit dem Gedanken, dass Du ein Zuhause hast, falls Du es Dir im letzten Moment anders überlegst. Ich hatte diese Wahl nicht."

„Das würdest Du geschehen lassen?" Die Frau war überrascht. „Mein Schatz, meine Liebste, mein Herz", erwiderte Q'Kara. „Ich will nur, dass Du glücklich bist, wo immer das sein mag. Wenn es hier ist, werde ich Dich gehen lassen. Ich werde hundert Jahre lang nicht mehr froh sein, wenn das der Preis für Dein Glück ist, aber ich werde ihn zahlen."

„Wie sehr Du mich liebst, mein Schatz." Die Bäuerin streichelte zärtlich das tief in der schwarzen Kapuze verborgene Gesicht. „Du überrascht mich immer wieder damit. Ich werde natürlich mit Dir gehen. Mir fällt nur der Abschied von hier schwer."

„Das ist nicht schlimm. Etwas Zeit hast Du noch."

Das Strahlen in den Augen der Frau in diesem Moment war unbeschreiblich schön, fand Q'Kara später, wenn sie sich daran erinnerte.

*

Q'Ermo erschien schon in seinem neuen Lehen, als die Ernte noch gar nicht vollkommen abgeschlossen war. Jo und die beiden Knechte schwangen von früh am Morgen bis in die Dunkelheit hinein die Dreschflegel, um das Korn aus den Ähren zu schlagen. Maja und die Magd banden das geleerte Stroh zu Ballen, die ihren Platz in der Scheune fanden, wenn sie sich nicht um die Kühe oder das Essen kümmerten.

„Ablösung", bemerkte Q'Kara, als sie nach dem Aufstehen ihren Nachfolger begrüßte. „Nun seid Ihr der Herr hier."

„Ich hab es gar nicht so eilig", erwiderte der, „macht nur weiter so wie immer, bis die Ernte vollständig eingebracht ist."

„Ist nicht so schlecht, wie wir befürchtet hatten", erklärte die Abgelöste. „Die Kornkiste ist schon voll. Ich musste aus dem Dorf noch ein paar Fässer kommen lassen, damit wir den Überschuss lagern können."

„Klingt so, als könnte man einen Teil davon schon wieder an die Speicher abgeben", überlegte der neue Lehnsherr.

„Das macht sicher Sinn. Bei einigen der anderen Höfe soll dieses Jahr die Ernte nicht so gut ausgefallen sein."

„Na, wie auch immer. Freut Ihr euch, in das Refugium zurückzukehren?" Der Qash schlug ihr aufmunternd auf die Schulter.

„Ich war da eigentlich nie richtig", erklärte die Frau. „Als ich noch Novizin war, gab es das noch nicht, nur eine Baustelle. Als Kriegerin war ich viel unterwegs, wie Ihr ja wisst. Und meine letzten Besuche waren nur kurz. Es wird sicher eine Umstellung."

„Und sie?" Der Mann zeigte knapp auf die Bäuerin. „Will sie immer noch?"

„Ja. Nur der Abschied fällt ihr nicht so leicht."

„Bei wem ist das nicht so. Aber das wird sie schon bald vergessen haben."

„Ja, das stimmt." Die ehemalige Herrin des Lehens zeigte auf das Haus. „Wir sollten nicht länger als nötig hier draußen in der Sonne sein."

„Auch das stimmt."

Die Beiden wandten sich um und gingen in den Schatten.

Lebewohl

Die Ernte war sicher verwahrt in der großen Kornkiste und ein paar Fässern, die Scheune vollgestopft mit Heu und Stroh für den Winter. Es war soweit.

Maja hatte Lika bis auf das eine, das sie trug, die wenigen Kleider, die sie besaß, geschenkt, dazu den dicken Umhang aus Schafwolle für den Winter. Q'Kara hatte ihr gesagt, dass sie in der Stadt nichts davon brauchen würde. Nur das gegerbte Hasenfell und den kleinen Ahornblattanhänger aus Silber wollte sie behalten.

Der Augenblick des Abschieds, den sie gefürchtet hatte, kam. Sie drückte Jo an sich, und es flossen ein paar Tränen, als sie sagte: „Mein Junge." Und nach einem unterdrückten Schluchzen setzte sie hinzu: „Ich habe Dich alles gelehrt, was ich wußte. Du bist jetzt fast erwachsen und wirst ein guter Bauer werden. Sieh, welche fähigen Helfer Du hast. Die Ernte war gut. Ihr werdet es schaffen."

„Danke, Mama." Ihr Sohn hatte ebenfalls einen Kloß im Hals, wollte es sich aber vor den Knechten und der Magd nicht anmerken lassen.

„Ich habe Dir alles gegeben, was eine Mutter ihrem Sohn geben kann. Lebe Dein Leben. Ich werde versuchen, meines zu leben." Bei diesen Worten warf sie ihrer Liebsten einen schnellen Blick zu.

„Und zum Glück kommst Du mehr nach Deinem Großvater als Deinem Vater", erklärte die ehemalige Bäuerin.

„Du hast mir nie gesagt, wer mein Vater ist", bemerkte Jo fast schüchtern.

„Es gibt nicht viel zu erzählen. Er war ein Spielmann", erzählte die Frau. „Ich war so jung. Er blieb nur ein paar Tage und kam nie wieder. Er weiß nicht mal, dass es Dich gibt."

Sie sah ihrem Sohn in die Augen, um zu zeigen, dass sie ihm nichts mehr verbarg. Nur halb bekam sie mit, dass Lika nickte, weil sie verstand.

„Lebwohl, mein Junge", sagte sie schließlich und umarmte ihr Kind ein letztes Mal, ehe sie sich blind vor Tränen abwandte und nach der Hand ihrer Gefährtin griff. Als die beiden zum Hoftor gingen, rief Jo ihnen nach: „Besuche uns doch mal, wenn Du kannst. Später vielleicht." Maja nickte heftig, ohne sich noch einmal umzuwenden, und Q'Kara, die wusste, dass das nie geschehen würde, winkte nur noch zum Abschied.

*

Das Wetter war noch schön und spätsommerlich. Die beiden Reisenden kamen in den kühlen Nächten gut voran und verschliefen den Tag wie beim ersten Mal in den Scheunen der Lehen, die sie unterwegs beherbergten. Die Straße war den Sommer über weiter gebaut worden, sie erreichten diese schon zu Anfang der zweiten Nacht. Da es von da an schneller voran ging, erreichten sie das Stadttor diesmal schon in der Nacht. Es wurde erst bei Sonnenaufgang geöffnet, wenn kein besonderer Grund vorlag, und so mussten die beiden Frauen im Torbogen warten, bis es hell wurde.

Die Qash hatte ihre Freundin nicht bedrängt, da sie wusste, dass ein solcher Abschied nicht so leicht war. Umso mehr war sie erstaunt, in der unfreiwilligen Pause ihre Liebste ganz unerwartet laut lachen zu hören.

„Was ist los?", wollte das Nachtwesen wissen.

„Ach." Die Frau atmete tief durch. „Mir ist klar geworden, dass ich zum ersten Mal in meinem Leben vollkommen frei bin."

„Oh." Q'Kara dachte daran, dass ihre Geliebte drauf und dran war, ihre neugewonnene Freiheit gleich wieder abzugeben. Schloss man sich den Qash an, so gab es kein Zurück mehr.

„Ich kann endlich machen, was ich will. Mit Dir sein, für immer." Die ehemalige Bäuerin lachte wieder. „Auf einem Hof zu leben ist kein Zuckerschlecken, weißt Du", erklärte sie ihrer Liebsten. „Schon als kleines Kind muss man mithelfen, die

Hühner füttern und solche leichten Sachen. Ein Hof ist immerwährende Arbeit, und es ist nie genug. Alles, was über das Jahr liegenbleibt, muss im Winter erledigt werden, wenn man eigentlich Muße haben sollte und sich ausruhen könnte. Und selbst als alte Frau hätte ich noch die Enkelkinder und die Kinder der Knechte und Mägde hüten müssen, wenn die Eltern auf den Feldern arbeiten. Eine elende Plackerei, die nie endet, das ganze Leben lang nicht."

Die Menschin seufzte tief und sagte dann: „Und jetzt ist es endlich vorbei für mich."

„Freut mich, dass Du den Gram über den Abschied überwunden hast", erwiderte die Qash. „Aber natürlich muss bei uns auch Arbeit geleistet werden. Nur eben andere."

„Ja, das weiß ich doch. Aber es wird nicht ewig immer das Gleiche sein, nehme ich an."

„Nein, und Du kannst auch entscheiden, was Dich am meisten interessiert oder was Du am Besten kannst", erklärte Q'Kara. „In Deinem Fall weißt Du das ja sogar schon. Du wirst viel ‚mit dem Kopf arbeiten', wie man bei uns sagt."

„Mit dem Kopf arbeiten?" Maja runzelte die Stirn.

„Na, denken."

„Ach so. Ja. Lustige Umschreibung." Die Frau lachte wieder.

Als das Tor endlich geöffnet wurde, waren sie natürlich die Ersten in der Schlange. Die Qash ließ es diesmal gar nicht erst auf Streit mit dem Büttel ankommen, sondern zeigte nur auf ihre Freundin und sagte streng: „Kandidatin."

Der Mann, wieder ein anderer, hob nur beschwichtigend die Hände und ließ die Beiden passieren.

Die blasse Frau führte ihre Freundin diesmal nicht zum Markt, sondern direkt zum Refugium. Erstaunt bemerkte sie, dass das Dach des Ostflügels fertig war und nun eine provisorische Mauer hochgezogen wurde, um den fertigen Teil des Gebäudes gegen die Baustelle des Restes abzuschirmen.

Ein Krieger hielt Wache am Eingang. Er sah die Frau an und fragte: „Maja?", woraufhin beide Ankömmlinge nickten. Der Mann öffnete die Tür und rief einem drinnen Wartenden zu: „Sie ist da. Geh und sag es der Ältesten."

Innen gab es eine bedeutende Veränderung. Die Absperrungen aus Stoff waren fast alle fort. Man konnte jetzt den Mittelteil betreten.

„Ist das hoch." Die Menschin starrte mit offenem Mund in eine Höhe, die sie noch nie in einem geschlossenen Gebäude gesehen hatte. Und natürlich spielte das Morgenlicht jetzt auch in den Fenstern. Fenster, hoch oben, in einer gewaltigen Größe. Und in Farben, die die Frau vom Lande noch nie in ihrem Leben gesehen hatte.

„Das ist ja ein Traum", flüsterte sie.

„Dein neues Zuhause. Das heißt, falls Du ihr es nicht noch überlegst." Ihre Geliebte lächelte.

„Du glaubst doch nicht, dass ich dieses Wunder hier gegen die geölten Häute in den Fenstern vom Rosenhof eintausche", erwiderte die ein wenig empört.

Q'Mora kam aus dem Wandelgang zu ihnen. „Kind, da bist Du ja", sagte sie erleichtert. „Komm zu mir."

Ein wenig schüchtern drückte sich Maja an den schwarzen Umhang der Frau. „Was passiert jetzt, Herrin", fragte sie unsicher.

„Wir gehen zuerst nach da drüben. Da ist unser provisorisches Lazarett", erklärte sie. „Dort sind Heiler, und natürlich werden Q'Kara und ich bei Dir sein, wenn Du die Saat erhältst."

„Macht Ihr das, Herrin", fragte die Frau schüchtern.

„Nein, Kind. Eine der Heilerinnen unter den Kriegern wird das machen. Die hat viel mehr Übung mit solchen Dingen. Ich habe nur mein Blut gegeben, aus dem wir in mühsamer Arbeit ein Serum abgetrennt haben. Es enthält fast nur die reine Saat von mir."

Eine Hand hob von innen die Stoffbahn in der Ecke des Erdgeschosses.

„Ah, da seid Ihr, Herrin. Es ist alles vorbereitet, wie Ihr gesagt habt."

„Gut." Die Älteste erwiderte es mit einer Beiläufigkeit, die zeigte, wie selbstverständlich sie mit der sie die Befolgung ihrer Anweisungen rechnete. „Du bist Maja, oder?" Die Qash-Heilerin fragte sehr freundlich. „Komm doch her. Wir haben ein Lager für Dich vorbereitet. Die Lager sind hier alle voneinander getrennt, Du brauchst also keine Angst zu haben, dass Dich jemand anders sehen kann. Die nächsten Tage und Nächte wirst Du hier bleiben." In dem kleinen, abgetrennten Gemach aus Stoffbahnen, das sie erreicht hatten, lagen ein frischer Strohsack und eine Decke auf einer hölzernen Pritsche bereit.

„Leg' Deine Sachen ab und setz Dich erstmal. Keine Sorge, bevor wir anfangen, werde ich Dir alles ganz genau erklären, was in den nächsten Tagen passieren wird. Wir fangen erst an, wenn Du alles verstanden hast und keine Fragen mehr unbeantwortet sind." Die Heilerin schien sehr bemüht um die Kandidatin zu sein.

Sie wandte sich zu Q'Mora um und fragte kurz: „Habt Ihr es dabei, Herrin?"

Die zog daraufhin eine Phiole mit einer gelblichen Flüssigkeit darin unter ihrem Umhang hervor. „Na, selbstverständlich", gab sie mit einem Stirnrunzeln zurück.

Ein jüngerer Qash kam und brachte zwei Hocker für die Besucherinnen. Q'Kara sah, dass er Novize war. Er war noch nicht so blass wie die anderen, und der untere Teil seiner Haare war noch dunkel.

Maja bemerkte ihn und fragte prompt: „So sehe ich also demnächst auch aus?"

„Naja", gab die Heilerin zu. „So ungefähr, und auch nur vorübergehend."

Die Zuschauerinnen hatten Platz genommen. Die Kandidatin und die Frau, die die Saat übertragen würde, saßen nebeneinander auf der Kante der Pritsche.

„Sieh mal, hier ist sie drin."

„Die Saat?" Maja wirkte fast ein wenig enttäuscht.

„Ich erzähle Dir jetzt erst mal, was gleich passieren wird." Die Heilerin hob die Phiole und einen silbernen Gegenstand und erklärte: „ich werde dieses kleine, sehr scharfe Messer in das Serum tauchen und Dich dann damit zwei Mal in die Haut am Arm ritzen. Das tut fast gar nicht weh und ist die sicherste Methode, die Saat in Deinen Körper zu bekommen. Hast Du das verstanden?"

„Ja", antwortete die Frau. „Das Messer vorher mit Weingeist saubermachen."

„Ja", lächelte ihr Gegenüber, „schön, dass Du das schon weißt. Was dann als Nächstes passiert, ist, das die kleinen Ritze etwas anschwellen. Das dauert ein paar Stunden. Sie können auch jucken, und es wird sich auch Schorf darauf bilden. Bitte kratze ihn nicht ab. Verstanden?"

„Ja", erwiderte die ehemalige Bäuerin.

„In den nächsten Tagen wirst Du dann Fieber bekommen, und wahrscheinlich auch Kopfschmerzen", erklärte die Heilerin weiter. „Wir haben aber Kräuter da, Pappelblätter und Rinde von jungen Weidenzweigen, aus denen man einen bitteren Tee kochen kann. Du kennst ihn vielleicht schon. Den bekommst Du, wenn die Schmerzen zu schlimm werden oder das Fieber zu sehr steigt."

„Ich habe davon gehört, aber noch nie probiert", sagte Maja aufmerksam.

„Nun gut. Nach zwei bis drei Wochen ist das Fieber wieder weg, wenn alles gut geht, und Du siehst erst einmal noch wie jetzt aus, gehörst aber schon zu uns."

„Sterben auch Leute daran?" Die Menschin machte kein ängstliches Gesicht bei den Worten.

„So, wie wir es hier machen, nur sehr wenige", antwortete die Heiler-Kriegerin. „Nur bei einem von ungefähr Zwanzig gibt es Probleme. Deswegen sehen wir uns vorher das Blut an. Deins war gesund, kräftig und frei von Krankheiten, habe ich gelesen. Ich glaube nicht, dass es für Dich schwierig wird."

Die Frau sah die Kandidatin geduldig an. „Das ist, was passieren wird. Hast Du noch irgendwelche Fragen?"

„Nicht dazu, was Ihr mit mir tun werdet. Ich wüsste nur gern noch, was denn das Große Werk ist, von dem so geheimnisvoll berichtet wird."

Die Stimme von Q'Mora war leise in der entstehenden Stille zu hören.

„Das ist schwer zu erklären", sagte sie, „denn aus der Saat wirst Du alles Wissen bis ins kleinste Detail bekommen, wenn Du sie angenommen hast. Wir alle haben es. Aber jemand Außenstehendem zu beschreiben, was es ist, würde Jahre dauern. Ich kann Dir in Worten, die Du verstehen kannst, ein Gleichnis darüber erzählen."

„Herrin, das wäre schön", stimmte Maja zu.

„Also gut. Stell Dir den Samen einer Blume vor, der im Frühling auf einer Wiese zu keimen beginnt", erklärte die Älteste. „Der Keimling wird sich nach oben strecken und die ersten Blätter treiben. Das sind wir, die Qash, in diesem Moment hier in Nedellon. Noch ganz am Anfang. Verstehst Du?"

„Ja."

„Die Blume wird weiter wachsen und groß werden", erzählte die Älteste weiter. „Sie wird sich verzweigen und viele Blätter bekommen. Schließlich erreicht sie ihre größte Pracht und treibt eine Knospe, die aufblüht. Das ist im Sommer. Bis zu unserem Sommer wird es noch Jahrhunderte dauern."

Die hochrangige Frau blickte ihren Schützling fragend an, und die nickte nur.

„Dann werden die Samen reifen,und die schöne Blüte ist dahin. Der Herbst lässt die Blätter vertrocknen, die Samen streuen sich aus. Am Schluss ist nur noch ein trockener Stecken von der Blume übrig, aber überall liegen die Samen im Winter um sie herum und warten auf den nächsten Frühling. Das ist, was auch wir tun werden. Unser Jahr ist nur viele Jahrhunderte lang. Das ist das Große Werk."

„Dann werden wir alle fortgehen von hier, irgendwann", stellte die Menschenfrau fest.

„Ja, werden wir, mein kluges Kind. Und unser Heim hier wird nur noch eine Ruine sein, wie ein vertrockneter Stengel einer Blume im Winter."

„Das verstehe ich." Die Frau atmete tief und entschlossen durch und warf ihrer Geliebten, die nur stumm dasaß, einen Blick zu. „Ich will es trotzdem."

„Gut, das war auch, was ich Dich sonst jetzt zum letzten Mal gefragt hätte", sagte die Heilerin. „Dann mache bitte Deinen Arm frei."

Gehorsam zog die Frau wie verlangt ihren Arm aus dem Oberteil ihres Kleides. Sie spürte die Kälte des Weingeistes auf der Haut, während sie den Blick von Q'Kara festhielt. Beide lächelten sich an, als das kleine Messer sie am Oberarm schnitt.

„Das war's. Jetzt wirst Du eine von uns." Die Kriegerin packte ihre Utensilien zusammen und stand auf. „Ich muss mich leider noch um andere Patienten kümmern", erklärte sie und verließ das kleine Gemach.

„Und jetzt?", fragte die Frau, die neugierig ihren Oberam inspizierte.

„Jetzt ruhst Du Dich aus", erwiderte ihre Elter bestimmt. „Die nächsten Tage werden anstrengend sein für Dich. Schlaf, wenn Du kannst. Und iss so wenig wie möglich."

„Ja, Herrin. Mama."

Q'Mora, schon halb im Gehen, wandte den Kopf noch einmal zurück. Sie lächelte auf eine feine, unbestimmbare Weise. „Schlaf, mein Kind."

Und zu Q'Kara gewandt setzte sie noch hinzu: „Bleib am ersten Tag noch bei ihr, bitte."

Die nickte nur zustimmend.

*

Das Fieber begann in der zweiten Nacht. Die abgelöste Lehnsherrin hatte eigentlich eine Räumlichkeit auf der Empore zugewiesen bekommen, wo Nischen für die Mitglieder der mittleren Kasten der Qash abgeteilt waren. Einige davon hatten auch eins der bunten Fenster nach draußen, die hier klein waren, und man konnte auf der Innenseite nach unten und nach oben in die hohe Haupthalle sehen.

Qash brauchten nicht viel Privatsphäre. Ein Lager zum Schlafen, einen Hocker und einen Haken zum Anhängen des obligatorischen schwarzen Umhanges, der Waffen und der Kleidung. Vielleicht noch ein Kübel mit Wasser und ein Stück Seife zum Waschen des Körpers.

Q'Kara verbrachte kaum Zeit in diesem winzigen Stück Privatheit. Sie saß neben dem Krankenlager ihrer Liebsten, die nur ab und zu aus ihren Fieberträumen erwachte.

Hin und wieder sah einer von den Heilern oder Q'Mora selbst bei ihr nach dem Rechten. Das Fieber der Kandidatin war hoch, aber nicht zu hoch. Längst war das Kleid der Frau vom Schweiß vollkommen durchnässt, und ihre Gefährtin hatte es ihr ausgezogen. Sie fühlte sich hilflos, der Liebe ihres Lebens in ihrer Agonie zusehen zu müssen.

Schließlich hörte sie ein Räuspern hinter sich. Es war Q'Thrandil.

„Ich dachte mir, Du könntest mir bei einer Sache helfen", erklärte er, „hier kannst Du ohnehin nichts tun. Man kümmert sich gut um sie, aber die primäre Infektion dauert nun mal ihre Zeit, und für Dich wäre eine Ablenkung gut."

„Ja, Herr. Wie Ihr wünscht."

„Na, nicht so förmlich. Das geht noch mindestens eine Woche so. Hat sie über Kopfweh geklagt?"

„Soweit ich weiß, nicht, Herr", erwiderte die Jüngere.

„Na, dann ist doch alles gut", stellte der Älteste fest. „Komm, gehen wir eine Runde zwischen den Säulen. Ich mache das sehr oft, weißt Du."

„Ihr habt es mir beim letzten Mal schon erzählt", erwiderte die Frau.

„Ja, natürlich." Er lachte leise.

Während die Beiden das Lazarett verließen, war der Mann still. Zwischen den Säulen des Umganges angekommen, erklärte er: „Du warst doch früher bei diesen Gesetzlosen. Ich bräuchte Deine Einschätzung, wie sie auf eine Änderung der Strafe für Raub reagieren würden. Die menschlichen Richter verurteilen Räuber in der Regel zum Galgen. Ich habe mir überlegt, dass man vielleicht doch Gnade walten lassen könnte und sie zu, sagen wir, zwanzig Jahren Arbeit im Steinbruch verurteilen. Es wäre die Nutzung einer Ressource, die bisher verlorengeht. Aber wie würden die Betroffenen das aufnehmen?"

„Das kommt auf den Einzelfall an. Manche würden alles lieber haben als einen Strick um den Hals. Andere sehen vielleicht die schwere Arbeit über viele Jahre als das schlimmere Schicksal an. Vielleicht sollte man sie wählen lassen."

Q'Kara dachte scharf nach. „Manche werden zu Gesetzlosen, weil sie die Freiheit über alles lieben. Andere aus purer Not. Es gibt keine feste Logik dahinter."

„Mmh. Ich dachte mir so etwas schon. Wir brauchen aber viele Steine für unsere Bauten, und folglich viele Arbeiter in den Steinbrüchen. Allerdings können wir uns den Ruf nicht leisten, wir seien zu hartherzige Herren. Na gut, mir fällt schon etwas ein."

Der Älteste ging weiter ungerührt neben der Lehnsherrin her. Die wagte nicht, ihn in seinen Gedanken zu stören.

„Da ist noch was." Der Mann wanderte neben ihr immer weiter zwischen den Säulen. „Wir bekommen langsam Probleme mit den Lazar. Ihre Angriffe im Nordosten werden häufiger, und sie werden listiger. Locken Einzelne von uns hinaus in die Steppe und nehmen sie gefangen, um sie dann zu Tode zu foltern. Wir brauchen Lehrer, die eine Schar Krieger anführen können, um den Feinden eine Lektion zu erteilen. Du weißt, dass ich an Dich dabei gedacht habe."

„Ja, das weiß ich", erwiderte Q'Kara.

„Du kannst nicht die ganze Zeit hierbleiben und ihre Hand halten. Wenn das Fieber vorbei ist, wird sie ein Jahr lang Novizin sein, so wie alle anderen", erklärte Q'Thrandil. „Und natürlich solltet ihr einander auch haben in eurer freien Zeit", setzte er hinzu. „Aber ich erwarte von Dir, dass Du Deine Pflicht tust, genauso wie sie ihre tun wird. Später dann, wenn sie in die Kaste der Krieger aufsteigt, könntest Du als erfahrene Lehrerin die Ausbildung einer Gruppe frisch gekürter Krieger und Kriegerinnen übernehmen."

„Ihr meint, Herr, ich soll Maja zusammen mit anderen ausbilden?" Das Herz der Frau machte einen Hüpfer.

„Na klar. Denkst Du, ich weiß nicht wie das ist? Q'Mora und ich kennen uns seit über tausend Jahren", erklärte der Mann ungerührt. „Aber wenn man so jung ist wie ihr, ist man so schrecklich ungeduldig. Ich erinnere mich daran."

„Verzeiht mir, Herr", erwiderte Q'Kara, die nicht wusste, was sie sonst antworten sollte.

„Das tue ich, wenn Du ab sofort Deine Nächte damit verbringst, für die Beförderung zur Lehrerin zu lernen", antwortete er.

„Wie Ihr wünscht, Herr", sagte die Lehnsherrin und verneigte sich.

*

Zehn Tage später saß die Frau in ihre Decke gewickelt schon aufrecht auf ihrem Lager, als ihre Liebste nach ihr sehen wollte.

„Nanu", sagte sie, „geht es Dir besser?"

„Ja" erwiderte Maja, die trotz allem immer noch schwach war. An ihrem verklebten Haar sah man noch deutlich genug, was sie hinter sich hatte. „Das Fieber ist gesunken, hat die nette Heilerin gesagt. Kopfweh habe ich noch, aber ich frage mich inzwischen, ob das weniger schlimm ist als der bittere Tee. Der schmeckt wie Galle, bäh."

„Ach Schatz", seufzte Q'Kara erleichtert. „Man sagt ja, wenn ein Patient sich über die Medizin beschwert, ist er schon fast wieder gesund."

„Na, soweit bin ich noch nicht", erwiderte die Frau und setzte langsam die nackten Füße auf den Steinboden. „Ich fühle mich ziemlich kraftlos, und ich habe furchtbaren Hunger."

„Soll ich Dir was holen", fragte ihre Gefährtin sofort bereitwillig. „Der Markt ist nicht weit, da haben sie alles. Worauf hast Du Appetit? Fleischspieße? Frisches Brot? Haferbrei?"

Die Antwort war nur ein unwilliges Brummen. Die ehemalige Bäuerin verzog angewidert das Gesicht. „Danke, Schatz, sowas eher nicht. Ich weiß nicht, was ich möchte."

Die diensthabende Kriegerin kam und sah in das kleine abgeteilte Gemach, weil sie Stimmen gehört hatte. „Ah, Du bist wach", sagte sie zu ihrer Patientin.

„Sie hat Hunger", erklärte die Lehnsherrin, „aber hat keine Lust auf die Leckereien von früher."

„So...", registrierte die Heilerin interessiert. „Das ging aber schnell. Ich weiß, glaube ich, was ihr fehlt."

Die Frau verschwand kurz hinter der Stoffbahn und redete mit einem der Novizen, der hier aushalf. „Geh und hol' einen Krug Milch aus der Krypta", wies sie ihn an, „und zwar einen großen!"

Als sie wieder eintrat, schnüffelte Maja an ihren verschwitzten und fettigen Haarsträhnen. „Ich bin schmutzig", sagte sie mehr zu sich selbst.

„Dagegen kann man etwas tun", schlug die Kriegerin vor. „Wenn der Novize wiederkommt, dann schick ihn doch bitte einen Kübel Wasser und ein Stück Seife holen, Herrin", bat sie die Besucherin. „Trockene Tücher haben wir hier genug."

Q'Kara nickte.

Später sah sie ihrer Geliebten, zu, als die sich langsam und sorgfältig die Haare wusch. Die Frau hatte in ziemlich kurzer Zeit fast zwei Liter Milch getrunken, und jetzt hatte sie, wie sie so nackt vor dem Waschzuber saß, einen kleinen Bauch davon. Ihre Geliebte dachte bei sich, dass der sehr ansprechend aussah. Am liebsten hätte sie zärtlich hineingekniffen.

„Puh", gab die Patientin erschöpft von sich. „Das ist anstrengend, wenn man noch nicht wieder bei Kräften ist."

„Du wirst wohl noch ein paar Tage hierbleiben müssen", mutmaßte ihre Freundin.

„Ja, ich glaube auch", gab die von sich. Mit dem Tuch um die nassen Haare legte sie sich wieder hin und deckte sich zu. „Wie geht es dann eigentlich weiter?", wollte sie wissen.

„Na, ich denke, dann wirst Du eingekleidet", erklärte die Qaslı. „Schön alles in schwarz, Umhang, Gugel mit Kapuze, Tunika, eine Hose…"

„Ich muss eine Hose anziehen?", fragte die Liegende empört.

„Natürlich. Wir sind alle gleich und tragen alle die gleiche Kleidung", erklärte Q'Kara. „Ich habe doch auch eine Hose an."

„Aber ich habe so ein Ding noch nie angezogen…"

„Daran gewöhnt man sich. Du wirst schnell feststellen, dass die viel praktischer als ein langer Rock ist, mit dem man überall hängen bleibt und an dem einen Feinde sogar leicht festhalten können."

„Ach mein Schatz. Da spricht die Erfahrung der Kriegerin aus Dir. Ich weiß doch sowas alles nicht." Maja schloss die Augen und sagte leise: „Ich glaube, ich schlafe noch ein bisschen."

„Tu das mein Schatz." Ihre Liebste hauchte ihr einen flüchtigen Kuss auf die Stirn und ging leise aus dem Raum zwischen den Stoffbahnen.

Neuanfang

Für beide der Gefährtinnen änderte das Leben sich sprunghaft. Als Maja genesen war, erzählte sie, dass sie sich kein bisschen anders fühle als bisher.

Q'Mora, die mit ihr zur Zeugkammer hinüberging (das war traditionell die Aufgabe des Elters, den neuen Qash dorthin zu geleiten, fast so etwas wie ein Aufnahmeritual) beruhigte ihren Schützling, dass es noch eine gewisse Zeit brauche, sie jedoch schon bald an der Kopfhaut sehen könne, wie ihr Haar weiß nachwuchs.

„Wie soll ich das denn sehen", murmelte die Genesene leise vor sich hin.

„Mit einem Spiegel", erklärte die Älteste ihr ohne Umschweife. „Dem hier, zum Beispiel." Und sie hielt der Frau eine polierte Silberplatte mit einem Stiel daran hin. Um den Rand zogen sich Gravierungen von Ranken mit Blüten daran.

„Das ist ja wie in einem Teich", gab die Frau überrascht von sich.

„Behalte ihn so lange, bis Du die Veränderungen siehst", erklärte die ältere Frau. „Dann hätte ich ihn gerne zurück. Spiegel sind in dieser Zeit noch selten und schwer zu bekommen. Später wird das anders sein. - So, wir sind da. Rein mit Dir, und dann heraus aus diesen Menschenkleidern."

Qash schienen keine Scham zu kennen, denn die Schutzbefohlene von Q'Mora stand splitternackt in der Mitte des Raumes, ohne dass die dort arbeitenden beiden Novizen auch nur eine Spur Notiz davon nahmen. *Verständlich*, dachte die Frau, *schließlich gibt es bei mir ja nichts zu sehen, dem sie in stillen Momenten in Gedanken nachstellen würden.*

Mit Maßbändern stellten sie die Größe der Frau fest, den Umfang ihres Bauches und der Arme und Beine (das war weniger kritisch).

Zuerst erhielt sie dann ungefärbte Leinentücher, die sie um Brust und Lenden wickeln konnte, und dann eine schwarze Tunika und natürlich die Hose, ebenfalls schwarz gefärbt. Letztere fand die Frau schwierig anzuziehen. Man brachte ihr schließlich einen Hocker, und dann stakste sie ungeschickt breitbeinig durch den Raum und zupfte alle zwei Schritte an dem ungewohnten Ding herum.

„Es kratzt", beschwerte sie sich, doch ihre Qash-Mutter wies sie zurecht: „Du wirst Dich daran gewöhnen." Der Tonfall ihrer Stimme duldete keinen Widerspruch.

Das Nächste waren Stiefel. Maja probierte zwei Paare, bis sie eines fand, das über die Fußlappen passte. Ein Gürtel mit einer Gürteltasche daran wurde ihr umgelegt.

„Das ist für ein paar persönliche Dinge, die Du vielleicht behalten möchtest", erklärte Q'Mora ihr.

„Ja, natürlich." Die werdende Qash fasste sich unwillkürlich an den Hals, wo sie erleichtert das silberne Ahornblatt vorfand. „Das hier und das Hasenfell..."

Sie kramte in dem Haufen am Boden, in dem sich ihre alte Kleidung befand. „Ah, da ist es."

„Das kannst Du auch in den Gürtel stecken", schlug die Älteste vor, „dann hast Du mehr Platz in der Tasche."

„Ja, Mama", erwiderte die Frau, die sich mehr und mehr wie im Wunderland fühlte.

„Kind, warum gerade diese beiden Dinge", fragte die hochgestellte Frau.

„Weil es Geschenke von Q'Kara sind", erklärte ihr Schützling geradeheraus. Und war erstaunt, dass das Gesicht der mächtigen Frau einen milden und verträumten Ausdruck bekam.

„Ja, so ist das", bemerkte sie leise.

Die beiden Novizen kamen schon mit den nächsten Teilen der Qash-Ausrüstung heran. Der dicke schwarze Umhang drückte die junge Frau zuerst.

„Oh, der ist aber schwer", sagte sie vorsichtig.

„Das ist Samt", erklärte der Novize, „und glaube mir, Du wirst noch froh sein, dass er so dick ist, wenn die Sonne richtig scheint."

„Ist das nicht viel zu warm?"

„Der Umhang hat viele Falten und eingenähte Taschen, durch die die Luft zirkulieren kann", setzte die Novizin, die mit einem weiteren Stück des dicken Stoffes herankam, hinzu. „Hält kühl in Sommer und warm im Winter."

„Aha." Die ehemalige Bäuerin blickte etwas skeptisch, befühlte das angenehm weiche Gewebe aber eine ganze Zeit.

„Und hier noch die Gugel mit der Kapuze. Sehr wichtig", erklärte die Frau, die in der Zeugkammer arbeitete.

Ihr Opfer (so fühlte es sich für die Betroffene an) kämpfte eine ganze Weile mit dem weiteren ungewohnten Kleidungsstück, ehe ihr Gesicht oben herausschaute. „Uff", entfuhr es ihr. „Wie soll ich das nur alles tragen?"

„Du kannst es, weil es von nun an das Einzige ist, was Du noch tragen musst", erklärte ihre Elter ihr. „Für alles andere wirst Du Diener haben. Später kommt vielleicht noch eine Waffe dazu, aber bis dahin wirst Du diese schwarze Kleidung nicht mehr missen wollen."

„Wenn Ihr meint, Herrin."

„Ähm, das Wachstuch…", meldete sich der Mann. „Wenigstens anprobieren müssen wir es, brauchen wird sie es ja noch eine Weile nicht."

„Stimmt." Q'Mora legte ihrer Ziehtochter den dünnen, wasserfesten Stoff um. „Das kommt bei Regen darüber", erklärte sie sanft. „Damit der Samt sich nicht voller Wasser saugt. Dann ist er nämlich richtig schwer, weißt Du."

„Scheint zu passen", sagte sie zu den beiden Novizen, die sich vor ihr verbeugten. Und an Maja gewandt: „Den kannst Du jetzt erst einmal ausziehen, hier drinnen regnet es ja nicht. Falte ihn sorgfältig zusammen, und dann ist hinten rechts im Umhang eine kleine Tasche, in die er gehört."

Die Frau gehorchte wie ein kleines Kind.

Draußen in der großen Halle, führte die ältere Frau die Jüngere mitten in das Halbrund im Osten. Dort, unter den hohen Gewölben, sagte sie: „Bleib da bitte kurz stehen."
Die Kandidatin nickte nur zustimmend und spähte hinauf in die dämmerige Höhe über ihr. Die Älteste trat einen Schritt zurück und schien ihr Werk zufrieden zu betrachten. Dann verkündigte sie in feierlichem Tonfall: „Maja von den Menschen, Du bist nun fürwahr eine Qash. Fortan soll Dein Name Q'Maja sein."
Und sie umarmte ihr Ziehkind.
Nach einem Moment der Stille lösten sich beide voneinander.
„Und jetzt bringe ich Dich zu den anderen Novizen", verkündete die Elter.

*

Q'Kara bekam von dem Ganzen nichts mit. In dieser Nacht saß sie mit anderen abgelösten Lehnsherren in einem der äußeren Räume im Erdgeschoss, in dem ihre Elter Q'Andra über die Probleme berichtete, die einem Qash-Lehrer im Umgang mit Menschen entstehen konnten.
„Ein schönes Beispiel sind die Glasmacher der Stadt", erklärte die Vortragende, „sie haben schnell verstanden, dass man mit bestimmten gemahlenen Mineralien eine Glasschmelze färben kann. Dank dem haben wir ja diese wunderbaren Fenster, die das Licht der Sonne filtern. Und, das möchte ich noch hinzufügen, die sich für viele Dukaten im Jahr an die Händler von Sund verkaufen lassen. Ich denke, das blaue Glas aus Nadan dürfte seinen Weg inzwischen in einige Teile dieser Welt gefunden haben."
Die Frau machte eine Pause und blickte in die Runde ihrer Zuhörer.
„Aber eine Sache verstehen diese Holzköpfe überhaupt nicht. Ihre Glasschmelze ist immer noch trübe. Fensterscheiben kann man daraus machen, und mit Farbe ist es sowieso egal. Was wir aber dringender brauchen als farbiges Glas, ist welches, das

90

sehr klar und frei von Trübstoffen und Blasen ist. Wie wir alle wissen, muss man es dafür nur läutern. Aber diese Hornochsen sagen mir immer nur, dass sie das nicht brauchen, weil ihr Glas doch auch so schön genug sei. Sie wollen es nicht bei noch höherer Temperatur stehen lassen, was viel Brennholz kostet, und erst recht nicht das teure Salz hinein geben. Ich will klares Glas, um Linsen daraus schleifen lassen zu können. Schleifer gibt es hier, die kunstfertig genug sind. Seht her."

Die Frau nestelte einen handtellergroßen Gegenstand aus ihrer Gürteltasche.

„Das ist eine Linse, die ich aus einem klaren Kristall habe schleifen lassen", erklärte sie. „Sie ist fast fehlerfrei. Der Schleifer hat sofort verstanden, um was es mir ging. Aber die Glasmacherzunft ist stur und will bei ihren altbekannten Rezepten bleiben. Nun könntet ihr sagen, nehmen wir doch einfach die Kristalle und lassen die Schleifer für uns arbeiten. Leider werden Kristalle dieser Größe aber nur selten gefunden und sind deshalb teuer. Und für manche Instrumente, die wir für das Große Werk bauen müssen, gibt es gar keine, die groß genug wären. Klares Glas wäre billig und in fast jeder Größe herzustellen. Wenn sie es nur tun würden."

Sie atmete tief durch und fügte abschließend hinzu: „Ihr seht, Lehrer zu sein ist nicht immer einfach. Wir haben das Wissen und geben es ihnen freiwillig, und doch widersetzen sie sich zeitweilig, weil sie nicht sehen wollen, was es für Vorteile bringen mag."

„Oder weil sie die Macht ihrer Zunft nicht beschneiden lassen wollen", merkte einer der Zuhörer an.

„Auch das ist richtig. Nun, wir alle wissen ja, wie Menschen sein können."

Q'Kara war froh, dass die Vorlesung endlich zu Ende war. Wenn ihre Elter vortrug, musste sie natürlich anwesend sein, auch wenn sie sich eher auf die militärische Führung spezialisierte, und sie hatte trotzdem einige Notizen mit dem Griffel auf dem Wachstäfelchen notiert, das sie bei sich trug. Später würde sie die in ihrem kleinen Abteil auf Pergament übertragen.

Als die Lernenden aus der Tür strömten, wandte sich die Frau sofort in Richtung des Lazarettes, um nach ihrer Liebsten zu sehen. Allerdings empfing sie dort nur der Novize mit der Nachricht, dass Maja mit ihrer Elter zur Zeugkammer gegangen war, und da das schon eine Weile her war, würde sie inzwischen sicher schon in der Wohnkammer der Novizen sein.

Die Frau war etwas mißmutig darüber, denn sie wäre bei der kleinen Zeremonie unter dem hohen Gewölbe gerne dabei gewesen. Mit schnellen Schritten flog sie fast über den Steinboden hinüber zu der Wendeltreppe, die ganz nach oben führte.

Obwohl das Nachtwesen stärker und leichtfüßiger als ein Mensch war, kam es bis zum oberen Ende der Treppe doch beinahe außer Atem. In gewisser Weise erinnerte es sie an ihre eigene Novizenzeit.

Unter dem neuen Dach roch es noch nach dem frischen Mörtel der Gewölbe. Nur eine kleine Laterne erhellte den gewaltigen Dachstuhl, doch das reichte ihresgleichen. Flink folgte sie den Planken, die über den Balken verlegt waren, und erreichte schließlich die Kammer der Novizen.

„Herr, ich habe vergessen…" sagte einer der jungen Männer, doch er erkannte seinen Irrtum, als statt dem Lehrer, der die Novizen unterrichtete, Q'Kara eintrat.

„Herrin", korrigierte der Sprecher sich. Auch er war einer, dem noch die dunklen Haarspitzen anzusehen waren.

„Hallo, ich wollte euch gar nicht stören", erklärte die Lehnsherrin. „Ich suche nur Maja."

„Ich heiße jetzt Q'Maja", stellte die bestimmt fest und kam hinter den anderen hervor.

„Na sieh einer an", rutschte ihrer Freundin heraus. „Ganz eindeutig. Du bist eine von uns."

Nachdem die Beiden sich umarmt hatten (nicht, ohne dass es unter den anderen Novizen für Getuschel und Kichern sorgte), bemerkte die Lehnsherrin: „Nette kleine Kammer habt ihr hier oben. Ich war als Novizin noch drüben im alten Patrizierhaus, das jetzt Gästehaus heißt. Die Stiege hinauf unter den Giebel war allerdings nicht halb so hoch."

„Ja, man bekommt hier schnell starke Waden", bemerkte keck eine kräftig gebaute Frau, der man die roten Haare noch ansah. „Ich bin Q'Sori, vom Stromufer."

„Und ich bin Q'Kara, abgelöste Lehnsherrin eines kleinen Hofes im Schnakenbecker Land, und meine ehemalige Bäuerin habe ich bei der Gelegenheit gleich mitgenommen. Wie diese Dinge manchmal so geschehen", erzählte die Besucherin schmunzelnd. „Und jetzt lerne ich, um zur Lehrerin aufsteigen zu können."

„Hab ich alles schon erzählt", erklärte ihre Liebste. „Die sind vielleicht neugierig, sage ich Dir. Sie haben nicht eher Ruhe gegeben, bis ich die ganze Geschichte preisgegeben hatte."

Die anderen lachten, und es wurde noch ein vergnügter Morgen.

*

Am nächsten Abend wurde Q'Maja eher unsanft geweckt.

„Komm schon, Du bist heute dran", sagte Q'Tardir, der die Novizen beaufsichtigte und unterrichtete.

„Ja, Herr… einen Moment. Ich komme sofort."

„Und ihr anderen könnt auch schon mal eure Augen aufschlagen", bemerkte der Mann streng. „Was ist nur heute mit euch los?"

Die neue Novizin beeilte sich, so gut sie konnte, und stülpte sich die Gugel noch im Laufen über. Der Lehrer wartete schon an der Wendeltreppe.

Eilig ging es die lange gewundene Treppe hinunter, und schließlich fand sich die Neue am Eingang zur Krypta wieder.

Dort durfte sie noch nicht hinein, aber ein kleinerer Eingang daneben führte auch nach unten.

„Wir gehen jetzt zu der Wasserversorgung des Refugiums", erklärte der Mann. „Ein Teil des Flusswassers wird oberhalb der Stadt abgleitet und gelangt unterirdisch hierher. Das saubere Wasser wird zuerst für die Baderäume benutzt, und dort kannst Du später auch die Zuber mit frischem Wasser füllen, wenn Du jemand aus den höheren Kasten welches bringen sollst."

Der enge Gang krümmte sich nach rechts, und Q'Maja fragte sich, wie sie mit einem Gefäß voller Wasser hier jemand ausweichen sollte, der ihr zufällig entgegenkam.

„Das benutzte Wasser wird dann weitergeleitet zu den Latrinen, wo es natürlich die Hinterlassenschaften von uns allen wegspült, zurück in den Fluss", erläuterte der Lehrer weiter. „Es tut mir leid für Dich, aber die Neuen müssen zuerst immer die Latrinen putzen, das ist Tradition. Allerdings weiß ich ja, wer Deine Elter ist, und deshalb denke ich, dass Du das nicht lange wirst machen müssen."

„Was ist denn eigentlich eine Latrine?", fragte die Frau.

„Na, der Ort, wo man sich erleichtern kann. Wir sind da."

Ein Eingang an der Seite des Ganges wurde sichtbar, und er öffnete sich in eine geräumige Kammer, an der sich an den Wänden eine umlaufende Bank zu befinden schien. Die Sitzplätze waren durch dünne Wände voneinander getrennt. Beim Näherkommen bemerkte die Novizin, dass jeder Sitz ein großes Loch hatte. Unten plätscherte hörbar Wasser vorbei.

„Ach, jetzt verstehe ich", sagte die Frau. „In dem Lazarett war nur ein kleines Eimerchen dafür da."

„Hier wirst Du alles saubermachen, abwischen mit dem nassen Tuch und so weiter. Es tut mir wirklich leid." Der Mann sah fast schuldbewußt nach unten. „Den Boden auch."

Vollkommen unerwartet begann die Neue aus vollem Hals zu lachen. „Das ist doch nicht Schlimmes", erklärte sie schließlich dem Lehrer, als sie sich etwas beruhigt hatte. „Herr, ich war Bäuerin auf einem Hof. Einem *kleinen* Hof. Wißt Ihr, was eine lästige Arbeit ist? Einen Kuhstall auszumisten, jeden Morgen. Ah, und noch viel lästiger ist es, die Jauchegrube zu leeren. Das ist wirklich schlimm, und trotzdem muss es alle paar Wochen getan werden. Und danach muss man den ganzen ‚Segen' noch auf dem Feld verteilen. Was soll man tun, allein mit einem kleinen Kind? Das nimmt einem niemand ab. Dagegen ist das hier wie Ferien."

Sie sprach es, nahm den bereitstehenden Eimer und Lappen und ging hinaus, um sich in im angrenzenden Raum Putzwasser zu holen.

Wandlung

Als der Winter kam, war Q'Kara häufig mit einer Gruppe Krieger und einem erfahrenen Lehrer der Krieger außerhalb der Stadt unterwegs. Sie lernte dabei, was ein Anführer einer Schar alles beachten muß. Die Vorträge der Lehrer im Refugium waren nur der Auftakt für die praktische Ausbildung.

Nun waren nächtliche Märsche durch verschneite Fluren nichts, was selbst Qash leicht von der Hand (oder den Füßen) ging. Die Lehnsherrin kam am Morgen oft sehr müde zurück und legte sich nach einem kurzen Schluck Milch schlafen, versuchte aber, ihre Liebste wenigstens am Abend kurz zu erhaschen.

Selten waren die Tage, die sie zu zweit auf dem Lager auf der Empore verbrachten. Eigentlich durfte die Novizin dort nicht allein hinauf, doch ihre Freundin nahm sie einfach mit, und keiner ihrer Nachbarn beschwerte sich jemals darüber.

Es war ein solcher Morgen, als Q'Kara im gefilterten Licht des Fensters zum ersten Mal sah, dass ihre Liebste einen Saum von Weiß auf dem Kopf hatte.

„Oh. Deine Haare. Man sieht es ja schon", bemerkte sie erstaunt.

„Ja", antwortete die Novizin. „Das Braun meiner Augen wird auch heller, glaube ich. Leider wollte Mama ihren Spiegel wieder haben, deshalb weiß ich es nicht so genau."

„Hm." Die Ältere sah ihr in die Augen. „Ja, ich glaube schon. Und blasser wirst Du auch langsam."

„Naja, so soll es ja auch sein. Manchmal träume ich jetzt von komischen Sachen."

„Was denn?"

„Neulich habe ich von einer mächtigen Glocke geträumt, die einen gewaltigen Lärm machen konnte. Und dann spie sie Feuer in einem gewaltigen langen Strahl. Es war Furcht erregend, und ich bin aufgewacht", erzählte die Novizin.

„Das sind Teile des Wissens, das wir alle in uns tragen. Die ersten Mosaiksteine davon tauchen jetzt in Dir auf", erklärte ihre

Gefährtin. „Es ergibt jetzt alles noch keinen Sinn für Dich, aber sei versichert, Du wirst das alles verstehen, wenn das Bild vollständiger wird."

Die beiden Frauen umarmten sich, und eine Weile genossen sie nur die Wärme der jeweils Anderen. Schließlich fragte Q'Kara mitleidig: „Musst Du noch immer die Latrinen putzen?"

„Ach, das macht mir nichts aus", erklärte die Novizin. „Wenn ich an all den Dreck auf dem Rosenhof denke, in dem wir gelebt haben, dann ist hier selbst die Latrine noch ein gemütliches Plätzchen."

Eine Weile schwieg die Jüngere, ehe sie leise sagte: „Ich blute übrigens kaum noch."

Die Andere nickte und erinnerte sie: „Das hört bald ganz auf, und dann hast Du Ruhe für immer. Hab ich Dir doch erzählt."

„Mhm."

Wieder entstand eine Pause, bis Q'Maja sich ein Herz fasste und ihre Liebste fragte: „Wolltest Du eigentlich nie Kinder?"

„Ich? Nein", erwiderte Q'Kara. „Ich habe es noch nie jemand erzählt, weißt Du." Eine kleine Pause entstand, ehe sie weiter sprach. „Ich habe die Schmerzensschreie meiner Mutter gehört, wenn sie meine jüngeren Geschwister gebar, die mein unersättlicher Vater ihr gemacht hatte", sagte sie sehr leise. „Da war die Sache für mich entschieden. Keine Kinder. Niemals."

„Ach komm", tröstete die Gefährtin sie. „Ist ja alles vorbei, und für mich jetzt auch."

„Sei froh."

„Bin ich auch", sagte ihre Freundin keck.

„Denkst Du noch an Jo?"

„An wen?"

„Jo, Deinen Sohn", erklärte ihre Liebste.

„Ach an den. Ich denke, der macht seinen Weg."

Die jüngere Frau besann sich kurz und flüsterte ihrer Freundin dann zu: „Und jetzt erzähl' Du mir doch mal, was ihr da draußen eigentlich macht."

„Ach, das ist nicht spannend. Ich lerne, wie man Angriffe auf Feinde anführt. Alles, die Planung, was man tun muss, wenn ein Feind anders reagiert als man erwartet, wie man Fallen erkennt, und so weiter."

„Klingt aber deutlich spannender als die Latrinenlöcher sauber zu reiben", entgegnete Q'Maja frech.

„Na, wer weiß. Vielleicht gefällt es Dir. Wenn ich erst Krieger-Lehrerin bin, dann könnte ich Dich ja vielleicht ausbilden, wenn Du zur Kriegerin aufsteigst." Die Lehnsherrin lächelte vergnügt.

„Das würdest Du tun?"

„Q'Mora bringt mich um, wenn Dir nur das kleinste Haar gekrümmt wird. Bei der Ausbildung neuer Krieger bekommt man aber schon mal ein paar Kratzer ab. "

„Ich glaube nicht, dass Mama das gefallen würde", überlegte die Novizin. „Aber vielleicht kann ich sie bis dahin um den Finger wickeln."

„Eine Älteste? Im Leben nicht", antwortete ihre Gefährtin. „Allerdings muss jeder Qash mindestens bis in die Kriegerkaste aufsteigen. Das ist so Brauch, und daran kann selbst der Ahnherr nichts ändern. Und seine Stellvertreterin erst recht nicht."

*

„Wo sind die?", flüsterte Q'Gorn in der Dunkelheit. „Ich kann nichts erkennen."

„Sind die Späher schon zurück?", wollte Q'Kara ebenso leise wissen.

„Nein, Herrin."

„Da stimmt doch was nicht", erwiderte die Anführerin. „Die sollten längst wieder hier sein."

Der Winter wurde alt, und deshalb war nicht mehr so starker Frost in den Nächten. Allerdings wurde der pappige Schnee in der wärmeren Luft auch feucht. Die Qash würde das nicht krank machen, aber feuchte Kälte in den Knochen behagte auch ihnen nicht.

„Was für ein Sch…", murmelte jemand hinter ihnen. Die in Ausbildung befindliche Lehrerin fühlte unerwartet einen Druck im Rücken. Es war ein Holzschwert. „Tot", sagte eine Stimme zu ihr, und auch zu anderen. „Tot, tot, tot." Q'Kara seufzte und wandte sich um. „Verzeihung, Herr", begrüßte sie ihren Ausbilder. „Was habe ich vergessen?" Der hockte sich zu ihnen in das Versteck.

„Keine Sicherung der Rückseite", erwiderte der Mann. Es war Q'Rafn, Ältester und, wie es hieß, der Kommandeur aller Krieger, sollte es jemals erforderlich sein.

„Es war leicht, euch an der Seite zu umgehen, und dann von hinten die ganze Gruppe auseinander zu nehmen", erklärte er.

„Ich hätte das bedenken müssen", gab die Frau zu. „Es wird mir eine Lehre sein, Herr."

„Das wäre gut." Der hochgestellte Mann sah seine Schülerin an. Er war bekannt für seinen stechenden Blick, den die Frau auch ohne Licht zu spüren glaubte. „Du stellst Dich nicht dumm an. Hast gute Ideen. Nur manchmal vergisst Du ein winziges Detail, und das kann das Schicksal aller besiegeln, für die Du verantwortlich bist."

„Ja, Herr", antwortete die Anführerin der Kriegerschar leise.

„Nicht so niedergeschlagen. Der Älteste klopfte ihr aufmunternd auf die Schulter. „Dafür üben wir das ja hier."

Er warf einen prüfenden Blick hinüber zu den fensterlosen Ruinen der Wüstung, die für diese Art von Training für Krieger und Lehrer verwendet wurde.

„Es wird bald hell", entschied der Mann. „Macht euch bereit für den Rückmarsch."

*

Q'Maja ging durch die Abteile auf der Empore. Seit kurz nach Mittwinter die nächsten Neuen zu den Novizen gestoßen waren, gab es andere, die in der Latrine saubermachen mussten. Die Frau fegte den Boden, schüttelte die Strohsäcke auf und legte die Decken zusammen, wenn es mehrere gab. Im Gemach ihrer Gefährtin räumte sie immer besonders sorgfältig auf, wechselte das Stroh, auch wenn es noch nicht notwendig war, wischte Staub weg und sorgte jeden Tag für ein trockenes Tuch und frisches Wasser im Zuber. Sie vermisste Q'Kara, und auf diese Weise konnte sie sich ihrer Geliebten wenigsten ein bisschen nahe fühlen.

Diesmal war sie schon seit drei Nächten fort. Die Übungen, die die Gefährtin absolvieren musste, wurden länger und anstrengender.

Ein Geräusch von unten riss die Frau aus ihren Tagträumen. Sie beugte sich über das Geländer der Empore und spähte schräg nach unten, wo sich das Lazarett im Umgang unter ihr befand. Jemand stöhnte dort laut, und der Stoff der Unterteilungen wehte leicht, als ob sich innen jemand hektisch bewegte.

Das Gehör der Novizin war deutlich empfindlicher geworden, und sie konnte von hier oben mit Leichtigkeit die Unterhaltung belauschen, die unten stattfand.

„Das ist gar nicht sein Blut", stellte eine Frauenstimme fest. Q'Maja erkannte die freundliche Heilerin Q'Sjofn, die auch ihr bei der Übertragung der Saat geholfen hatte.

„Haben wir es mit einem Betrüger zu tun?", fragte eine Männerstimme.

„Ich vermute es. Wahrscheinlich war jemand anderes für die Befragung und den Bluttest hier."

„Diese Burschen *riechen* ein lukratives Geschäft." Es war wieder der Mann. „Diesen Dummkopf hier wird es das Leben kosten."

Wieder war das Stöhnen zu hören, lauter diesmal.

„Sollen wir sein Leiden abkürzen?", fragte die Heilerin.

„Verdient hat er es nicht. Gib ihm von dem Pappelblatt-Tee, das lindert die Schmerzen. Wir können ohnehin nichts mehr für ihn tun.“

Als die Novizin mit ihrer Arbeit fertig war, ging sie hinunter ins Erdgeschoss, um in das Lazarett zu schauen. Sie war noch nicht angekommen, als schon zwei Krieger zwischen den Stoffbahnen hervor kamen, die einen Sack trugen, in dem sich offensichtlich ein toter Körper befand.

Die Frau fing den Blick der Heilerin auf, die hinterher sah. „Was ist denn los“, fragte sie.

„Der hat die Saat nicht angenommen. Kommt manchmal vor“, antwortete Q'Sjofn.

„Und wo bringen die ihn jetzt hin?“, wollte die Novizin wissen.

„Nach draußen. Hinter der Ostfassade ist ein kleiner Platz, auf dem Leichen verbrannt werden. Die Asche werfen wir dann in die Latrinen, von wo sie in den Fluss gespült wird. So hinterlassen wir keine Spuren.“ Die Andere machte ein betroffenes Gesicht.

„Warum sollte sich jemand ein an ein bisschen Asche stören“, wunderte sich Q'Maja. „Die Leute werfen doch alles Mögliche aus den Fenstern.“

„Die Menschen heute würden sich vielleicht nicht daran stören“, erklärte die Heilerin. „Aber in ein paar Jahrhunderten könnten sich Menschen für die Vergangenheit interessieren und Knochenreste oder Asche vielleicht näher untersuchen.“ Die Frau sah die Novizin kühl an. „Und dann könnten sie Spuren finden, von denen wir das lieber nicht wollen. Von der Saat zum Beispiel.“

„Aha.“ Die jüngere Frau dachte noch lange über diese letzten Worte nach.

*

Vielleicht war es diese Begebenheit vom letzten Morgen, die sie im Schlaf beschäftigte, und so kam nach einigen Stunden Schlaf ein bestimmter Mosaikstein des Großen Werkes zum Vorschein, der damit zu tun hatte.

Q'Maja schreckte in auf ihrem Lager hoch. „Virus", sagte sie, noch halb schlafend. „Das Wort ist Virus. Nicht Saat." Bestürzt sah sie sich um und lief dann halbnackt aus der Kammer der Novizen, wo die anderen schliefen.

Die Brutalität der Wahrheit ließ sie weinen, und sie setzte sich auf einen der Balken des Dachstuhls und hielt sich an dem Holz des senkrechten Stützbalkens fest. „Ein Virus", heulte sie. „Eine Krankheit. Wir sind alle krank." Und die Tränen liefen ihr über das Gesicht. „Meine Liebste, ich, Mama, alle krank", jammerte sie vor sich hin, bis jemand die Wendeltreppe heraufkam.

„Was ist denn hier los", fragte ihr Lehrer sanft.

„Ich weiß es endlich", antworte die die Frau schluchzend, „die Saat ist in Wirklichkeit ein Virus. Wir tragen alle hier eine Krankheit in uns."

„Aber nein, so ist das gar nicht", wollte Q'Tardir sie trösten, doch die Novizin klagte weiter.

„Doch. Ihr müsst es doch auch wissen. Alle wussten es, nur ich nicht", jammerte sie.

„Eieiei, das ist ein schwieriger Fall", murmelte der Mann vor sich hin. „Bleib Du hier. Ich hole Deine Elter."

„Wo soll ich denn hingehen", schluchzte die Frau. „Ich bin eine Aussätzige, eine Pestbeule. Ich habe ein Virus in mir. Ich bin krank. Niemand wird mich haben wollen."

„Du gehörst zu uns, daran ändert sich nichts", erklärte der Lehrer, der schon die ersten Stufen nach unten nahm. „Warte, bis die Älteste da ist."

Als Q'Mora auf dem Dachboden erschien, wies nichts darauf hin, dass sie unerwartet mitten am Tag geweckt worden war. Selbst ihre Haare saßen makellos.

„Kind, was ist mit Dir", rief sie sanft. „Ich komme zu Dir."

Die Frau balancierte auf dem Balken über den Gewölben bis hin zu ihrer Ziehtochter.

„Ich weiß es, Mama. Die Saat ist ein Virus. Eine Krankheit." Sie sah tränenblind hoch. „Du hast sie auch."

„Na, das ist ein wenig zu kurz gedacht. Komm erst einmal mit in mein Gemach, da bekommst Du eine schöne warme Milch, und dann erkläre ich Dir alles."

Und mit einer Kraft und Geschicklichkeit, die man einer hochgestellten Frau ihrer Kaste vielleicht gar nicht zugetraut hätte, nahm sie ihren Schützling auf die Arme und trug sie den Balken zurück und dann die lange Treppe hinunter.

Q'Tardir hatte die Kleidung der Novizin vom Haken genommen und brachte sie hinterher.

Q'Maja lag im bequemen Bett der Ältesten. Sie schniefte noch leise, als ihre Ziehmutter ihr Milch in einem kleinen, sehr dünnwandigen Krug an die Lippen setzte (viel später würde man so etwas einmal eine Tasse nennen) und ihr einflößte.

„So", sagte Q'Mora. „Wenn Du mehr willst, sagst Du es, ja? Und jetzt werde ich Dir erzählen, was es mit dem Virus auf sich hat. Es stimmt, die Saat in unserem Blut ist ein Virus. Aber es gibt einen Unterschied zu anderen Viren, die krank machen."

Die Novizin lenkte den Blick ihrer verheulten Augen zum Gesicht ihrer Elter. *Wie edel Mama aussieht*, dachte sie.

„Ein Virus, das krankmacht, will sich nur vermehren", erklärte die hochgestellte Frau. „Es dringt in Deinen Körper ein und zwingt ihn, Viren der gleichen Art herzustellen. Es kümmert sich nicht darum, ob Du davon Fieber oder Kopfweh bekommst oder im schlimmsten Fall sogar stirbst. Es ist wie ein Wolf, der soviel frisst, wie er kann. Das ist eine Krankheit."

„Mhm", machte die jüngere Frau. „Kann ich noch ein bisschen Milch...?"

„Aber natürlich."

Als sie den winzigen Krug wieder absetzte, erzählte die Älteste weiter.

„Unser Q-Virus dagegen ist anders. Am Anfang hat es sich schnell vermehrt, und davon hattest Du Fieber. Aber anstatt damit immer weiterzumachen, hat es nach ungefähr zwei Wochen damit aufgehört. Es vermehrt sich nur noch ganz langsam, damit immer etwas davon in Deinem Blut schwimmt."

„Warum tut es das?"

„Man nennt so etwas Symbiose. Das Q-Virus macht uns bleich und schenkt uns Gesundheit und hält uns jung. Wir können besser hören und riechen und werden stärker und geschickter, als wir es vorher waren. Und es gibt uns Wissen. Eine Krankheit würde das nie tun."

„Aha." Q'Maja dachte angestrengt nach. „Symbiose", sagte sie langsam. „Es bedeutet, dass beide Seiten etwas davon haben, nicht wahr?"

„Das stimmt." Q'Mora lächelte. „Das Q-Virus kann sich durch uns viel weiter ausbreiten, als es das allein nur durch Ansteckung jemals könnte. Wir nehmen es mit auf die weitesten Reisen."

„Wir helfen also diesem Virus bei der Verbreitung." Der Blick des Ziehkindes war nun wieder klarer.

„Und dafür bekommen wir im Gegenzug ziemlich viel", fasste ihre Ziehmutter zusammen. „Findest Du nicht?"

„Mhm", nickte die Jüngere. „Danke, Mama." Sie umarmte die ältere Frau.

„Ach Kind. Ich muss mich bei Dir entschuldigen. Ich hätte mich mehr um Dich kümmern müssen", erklärte die Älteste. „Deine Gabe macht Dich empfänglich für solche Informationen. Ich werde weniger arbeiten und mit Dir üben."

„Was denn eigentlich üben?"

„Telepathie."

„Tele-pathie", sprach die jüngere Frau langsam nach. „Und was ist das?"

„Einfache Leute nennen es Gedankenlesen."

Fortschritt

„Hey, Q'Maja. Wach auf."

„Mmh", antwortete die und blinzelte. „Was ist denn?"

„Die Krieger sind zurück." Es war Q'Jonu, der die Nachricht leise überbrachte.

„Q'Kara?" Die Novizin war in einem Sekundenbruchteil hellwach.

„Sie wartet unten auf Dich. Die sehen alle schrecklich aus", erklärte der junge Mann.

In Windeseile stieg die Frau in ihre Kleidung. Leise und geschickt konnte sie sich zum Glück schon bewegen und würde deshalb die anderen im Raum nicht wecken.

„Vielen Dank, Q'Jonu", flüsterte sie, als sie hinaus in den Dachstuhl schlich und dann leichtfüßig bis zur Treppe balancierte. Es gab diese willkommene Abkürzung über die Holzbalken.

Unten stürmte die Novizin aus dem Eingang zu der gewundenen Treppe und lief der Geliebten beinahe direkt in die Arme.

„Mein Schatz."

„Meine Zauberfee."

Die Beiden umarmten sich, so fest sie konnten und ließen sich lange nicht wieder los.

„Ich bin so müde", sagte Q'Kara leise. „Ich hätte es nicht mehr nach da oben geschafft. Bitte entschuldige das. Ich habe Dich natürlich genauso vermisst wie Du mich."

„Ist schon gut, mein Schatz." Ihre Liebste musterte sie und stellte fest: „Du siehst furchtbar aus."

„So fühle ich mich auch."

„Komm, ich bringe Dich rauf. Deine Nische ist in tadellosem Zustand. Ich habe für alles gesorgt", erklärte die Jüngere.

„Meine ganzen Sachen sind dreckig", erzählte die Lehnsherrin müde. „Es hat auf dem Rückweg zu regnen begonnen. Matsch, schmelzender Schnee, und von oben Regen. Schlimmer konnte es nicht kommen."

„Darum kümmere ich mich später", erwiderte Q'Maja, löste sich aus der Umarmung und zog die Heimgekehrte zur Treppe auf die Empore.

„Es tut mir so leid, mein Schatz…", murmelte die angehende Lehrerin noch leise, als sie sich auf dem Lager ausgestreckt hatte, und schlief dann ein.

Die Novizin lächelte nur und sammelte die schmutzigen Kleidungsstücke ihrer Liebsten ein. Um die Stiefel würde sie sich selbst kümmern, Hose und Umhang waren voller Schlammspritzer und ein Fall für die Zeugkammer. Man tauschte dort schmutzige Sachen gegen saubere der gleichen Größe, und alle paar Tage wurde die Kiste mit ihrem unansehnlichen Inhalt zu den Wäschern vor der Stadt gebracht und von ihnen wieder gereinigt.

Die Stiefel der Geliebten waren eine andere Sache, weil sie sich wie bei allen an die Form der Füße angepasst hatten. Man konnte sie nicht einfach reihum tauschen. Also ging die Frau mit ihnen an den Ort, an dem es Wasser gab, und bürstete das Schuhwerk dort sauber. Anschließend stellt sie die beiden Fußbekleidungen in Q'Karas Räumlichkeit auf, um sie zu trocknen. Am Morgen mußte man sie dann nur noch mit Schmalz einreiben, und sie waren so gut wie neu.

Die Novizin lächelte verträumt, als sie die frische Wäsche für ihre Liebste bereitlegte, und drückte ihr zum Abschied für diesen Tag noch einen sanften Kuss auf die Stirn. Die Schläferin merkte es nicht.

*

„Schon besser."

Q'Maja war im Raum ihrer Elter und lernte Lesen. Es war eine interessante Tatsache, dass Qash natürlich auch die Schrift als Wissen vom Virus erhielten. Allerdings war das rein geistiges Wissen. Aus der Kenntnis der Form eines Buchstabens leitete sich nicht notwendig ab, dass die Muskeln und Nerven von Hals und Mund ihn auch mühelos sprechen konnten. Noch schlimmer war es beim Schreiben. Die Hand, die noch nie eine Feder gehalten hatte, musste erst lernen, die Buchstaben zu malen, die so klar im Geist erschienen. Von flüssigem Schreiben war dabei noch gar nicht die Rede.

Deshalb war eine traditionelle Lehrmethode, die auch Q'Mora verwendete, die Lernenden laut lesen zu lassen. Hörte man seine eigene Stimme, war es leichter, sich selbst zu korrigieren.

„Uff", macht die junge Frau. „Das ist aber auch ein langweiliges Pergament. Ich weiß auch so, dass die Ernte letztes Jahr nicht so gut war."

„Im Moment ist der Inhalt noch nicht so wichtig. Aber es ist gut, dass Du ihn Dir merken kannst", erwiderte die Älteste.

„Na, gut. Machen wir was anders", bemerkte sie mit einem Lächeln. „Ein bisschen Schreiben?"

„Oh, Mama", entfuhr es der Novizin. „Nicht das schon wieder."

„Du musst üben, Kind. Von allein lernt Deine Hand nicht, die Feder zu führen." Die mächtige Frau beobachtete ihre Ziehtochter belustigt. „Sie ist wieder da, oder?"

„Mhm", machte die Jüngere schüchtern.

„Wenn ich es nicht gewusst hätte, könnte ich es dennoch mühelos aus Deinem Gesicht lesen. Na gut. Also Konzentrationsübungen."

Q'Maja sprang erleichtert auf und holte eine gewebte Matte aus einem der Regale an der Wand des großen Gemaches.

Als sie darauf lag, schloß sie die Augen, wie sie es nun schon ungezählte Male in diesem Raum getan hatte, betrachtete eher beiläufig die Gedanken, die durch ihren Kopf gingen und langsam zur Ruhe kamen (viele davon beschäftigten sich natürlich mit Q'Kara, die noch immer schlief).

Sie hörte, wie Q'Mora etwas wie „Ah" sagte.

„Was?" Sie blinzelte zu ihrer Elter hinüber.

„Ich habe nichts gesagt…", erwiderte die, doch in ihrem Gesicht stand ein stolzes Lächeln. „Du hast es empfangen."

„*Was* empfangen?"

„Ich habe in meinem Geist ein Wort geformt und zu Dir gesendet. Du hast zum ersten Mal ein Stück davon empfangen."

„Ach…" Unwillkürlich musste die jüngere Frau auflachen. „*So* geht das also. Ich habe also richtig telepathiert?"

Es war jetzt die hochgestellte Frau, die lachte. „Naja, ein klein wenig. Aber es ist ein Anfang. Ich wusste doch, das das Lesen und Schreiben Dir dabei helfen würde."

„Kann man damit wirklich fremde Leute belauschen?", fragte Q'Maja.

„Nein. Das denken immer alle, aber so ist es nicht. Deine geheimen Gedanken, für die es oft nicht einmal Worte gibt, kann niemand belauschen. Und Du bei anderen auch nicht", erklärte die Ziehmutter. „Um einem Telepathen etwas mitzuteilen, müsste jemand anderer sich im Geist vorstellen, dass er etwas zu ihm sagt. Er muss nicht wirklich sprechen, es nur in der Vorstellung tun. Nur dann kann ein Telepath es empfangen."

Die Novizin schmunzelte, sah die Älteste an und dachte: *So, Mama, Du sagst also, Du kannst das verstehen?*

Q'Mora zwinkerte ihr zu und antwortet nur: „Ja, Kind, ich sage, das kann ich."

*

Fast einen ganzen Tag und eine Nacht dauerte es, bis Q'Kara endlich gähnte und sich auf ihrem Lager reckte. „Puh", machte sie, als sei sie überrascht, hier zu sein und nicht unter irgend einem kahlen Busch in der Wildnis, wo der Regen auf sie trommelte.

Die Blase drückte, und die Frau griff wenigstens nach ihrem Umhang, um nicht nackt durch das Refugium laufen zu müssen.

Das bunte Glas über ihr war noch dunkel, also musste es wohl Nacht sein und dementsprechend gingen alle anderen ihren normalen Geschäften nach.

110

Sie stutzte, als sie sah, dass jemand saubere Kleidung für sie bereitgelegt hatte. Das konnte nur ihre Liebste gewesen sein. Alles hier in der kleinen Nische auf der Empore war sauber und gemütlich. Q'Maja hatte einen Sinn für solche Dinge. Die Lehnsherrin lächelte vor sich hin und entschied, wenn noch immer Nacht war, konnte sie auch gut richtig aufstehen und nach dem kleinen Geschäft nachsehen, was ihre Krieger machten. Als künftige Anführerin gehörte das zu ihren Pflichten. Ihre Liebste würde schließlich auch noch bis zum Morgen beschäftigt sein.

In der Frühe trafen sich die Beiden eher zufällig.
„Na, Schlafmütze", neckte die Novizin ihre Freundin. „Auch schon aufgestanden? Was wird Dein Herr nur sagen."
„Der hat uns für heute frei gegeben. Will wahrscheinlich auch Schlaf nachholen."
„Hast Du schon…", sagten beide zugleich und lachten. Es war Q'Kara, die gut gelaunt vorschlug: „Komm, ich hole uns zwei frische Krüge, und wir trinken zusammen."

„Tja, so war das", beendete die Lehnsherrin ihren Bericht und nahm einen Schluck Milch. Die beiden waren auf das Dach der Empore gegangen; es gab dort einen Außengang, der von einer der vielen Wendeltreppen in den Wänden abzweigte und unter den hohen Fenstern der Haupthalle des Ostflügels entlangführte. Von hier aus hatte man zwischen den Strebepfeilern hindurch einen schönen Blick in die Ferne. Der Regen hatte aufgehört, und am Horizont dämmerte der Morgen. Es war zwar kalt und windig, aber hier konnte man ungestört reden.
„Ach, Du nimmst das zu persönlich", antwortete Q'Maja, um ihre Freundin zu trösten. „Ich könnte so etwas überhaupt nicht. Ich habe noch bis vor Kurzem gedacht, das ich das mit der Telepathie nie lerne, aber heute hat es auf einmal geklappt."

„Ehrlich?", fragte ihre Geliebte neugierig nach. Die erzählte natürlich, was ihr vorhin im Gemach von Q'Mora widerfahren war.

„Das ist ja erstaunlich", bemerkte Q'Kara. „Völlig ohne Vorwarnung."

„Mhm."

„Die Älteste wusste, was sie tat, als sie Dich auswählte", bemerkte die Andere.

„Und Deine Herren wussten auch, warum sie Dich wählten, mein Schatz." Sie sah ihre Geliebte an. „Deine Stunde kommt. Sei einfach Du selbst und versuche nicht, alles zugleich zu können."

Die ältere Qash lachte leise. „Mein Schatz, Du wärst eine gute Räuberin gewesen."

„Was für ein Gedanke. Nein, da bleibe ich lieber hier."

Beide Frauen lehnten an dem Geländer des schmalen Ganges auf dem Dach und ließen den Blick zum Horizont schweifen.

„Lass uns reingehen", sagte die Novizin schließlich. „Wir haben noch ein wenig Zeit, uns es bei Dir gemütlich zu machen."

„Ja, Du hast recht, das sollten wir."

Bewährung

Als zu Q'Maja zum ersten Mal jemand „Herrin" sagte, glaubte sie, sich verhört zu haben.

Es war Frühling geworden, und angeregt durch das Erlebnis mit dem Virus hatte die junge Frau angefangen, sich für medizinische Themen zu interessieren. Ihre Elter war erfreut darüber gewesen und förderte den Wunsch der jungen Frau.

Die Novizen mussten ohnehin im Lazarett aushelfen und dort sauber machen, und so fiel es nicht schwer, den Dienst mit jemand anders zu tauschen. Hilfe war im Lazarett immer willkommen, besonders jetzt, da wieder einer ganzen Gruppe von Kandidaten die Saat übertragen worden war.

„Mir ist schlecht, Herrin." Eine Frau, wie sie selbst eine gewesen war, in schmutzigen und zerlumpten Kleidern, sah sie unterwürfig an, hinter einer halb zurückgezogenen Stoffbahn hervor.

„Hast Du gegessen?", fragte die Novizin, die ahnte, was der Grund war.

Die Patientin nickte schuldbewußt.

„Ich hole die Heilerin. Und einen Eimer", teilte sie der Frau mit.

Während Q'Sjofn der Betreffenden zum dritten Mal erklärte, dass es besser sei, direkt nach der Übertragung der Saat nicht zu essen, brachte ihre Helferin den Eimer mit dem Mageninhalt der Kandidatin hinunter zur Latrine.

Es sind viele diesmal, dachte Q'Maja. *Ich war damals die Einzige. Brauchen wir so viele neue Qash?*

Während sie den Behälter auswusch, beschloß sie, ihre Liebste, und falls die es nicht wusste, Mama zu fragen.

Zurück im Lazarett erwartete die Heilerin sie schon. „Diese Dummköpfe", schimpfte sie leise. „Da sagt man es ihnen extra, und sie fressen trotzdem den ganzen Mist, den sie sich in die Taschen gestopft haben. Tu mir bitte einen Gefallen."

„Welchen, Herrin?"

„Sieh bitte stündlich nach ihr. Wenn Du sie mit einer Wurst oder so etwas erwischt, dann nimm ihre Sachen weg. Die braucht sie hier sowieso nicht mehr."

Q'Sjofn, sonst die Freundlichkeit in Person, schien in diesem Fall am Rand ihrer Geduld angekommen zu sein.

„Es tut mir leid", fügte sie hinzu. „Du wirst Tag und Nacht nach ihr sehen müssen, bis das Fieber hoch genug ist, dass sie nicht mehr aufstehen kann. Diese verfressene Kuh. Wieviel Milch wird sie erst saufen, wenn das Fieber vorbei ist?"

Q'Maja bemühte sich, nicht laut loszulachen, was ihr nicht völlig gelang, und so prustete sie leise vor sich hin.

„Ach, Bea ist eine ganz normale Bauersfrau, würde ich sagen. Die kennt es einfach nicht anders", erklärte sie schließlich der Heilerin.

„So lange bin ich nun auch nicht dabei, dass ich das vergessen hätte", brummelte die. Immerhin schien ihre Laune sich zu bessern.

„Ich kümmere mich darum, Herrin", sagte die Novizin. „Mein Schatz ist sowieso wieder ein paar Tage mit den Kriegern unterwegs, da verpasse ich nichts."

„Gut. Wenigstens das." Q'Sjofn holte tief Luft und lächelte dann. „Na, das tagelange Kampftraining im Freien steht Dir noch bevor", erzählte sie. „Glaube nur nicht, dass Dir das als Heilerin erspart bleibt. Heiler sind ein Teil der Kriegerkaste, also in erster Linie Krieger. Kämpfen müssen auch wir können."

„Interessant", gab die jüngere Frau zurück. „Ich dachte schon, meine Elter wäre erfreut, wenn ich die Ausbildung zur Heilerin anstrebe, weil ich dann aus dem gröbsten Getümmel herausbliebe."

„Naja, die ganz heftigen Dinge musst Du nicht mitmachen. So etwas wie Attentäter. Aber wehren musst Du Dich trotzdem können."

Wie zur Bestätigung schob die Heilerin den dicken Umhang, den hier alle trugen, zur Seite, und an ihrer Hüfte kam das lange, schlanke Schwert der Qash in seiner Scheide zum Vorschein.

„Das ist auf seine Weise allerdings auch ein schönes Stück", anerkannte die Novizin.

„Das ist nicht nur Schmuck. Ich kann wirklich damit umgehen", stellte Q'Sjofn fest.

An dieser Stelle wurde die Unterhaltung der beiden Frauen jäh unterbrochen, weil wieder einer der Patienten nach ihnen rief. Mit einem gemeinschaftlichen Seufzer machten sie sich auf den Weg.

*

Die Ruine der ehemaligen Dorfschmiede war das einzige Mauerwerk in der Wüstung, das noch einigermaßen aufrecht stand. Deshalb wehte an der Spitze des Schornsteins der lange erkalteten Esse ein braunrotes Tuch.

Q'Rafn, der Älteste, lehnte entspannt an dem bröckeligen Mauerwerk und beobachtete gespannt, wie sich seine Schüler diesmal anstellten. Ihre Mission war, das Tuch zu erbeuten und zurück in ihr Lager zu bringen. *Mal sehen, was sie diesmal versuchen*, dachte er.

Das Klappern von Holzschwertern verriet, dass im Süden des verfallenen Dorfes heftig gekämpft wurde. Er runzelte die Stirn. Ein Frontalangriff? Das war nun wirklich dumm. Oder?

Die Verteidiger riefen schon nach Verstärkung, und der hochgestellte Mann bemerkte im trockenen Gras des Vorjahres Gestalten, die den Bedrängten zu Hilfe huschten. Sollte etwa…?

Plötzlich hörte er hinter sich ein Steinchen knirschen, und eine Stimme flüsterte ihm ins Ohr: „Tot."

Die Frau hielt ihrem Lehrer einen Holzdolch an die Kehle.

„Alle Achtung", erklärte der beeindruckt, setzte aber hinzu: „Trotzdem bist Du noch nicht wieder heile von hier weggekommen."

„Wir arbeiten daran", erklärte Q'Kara und grinste, als einer ihrer Krieger dazu trat und leise meldete: „Wachen sind ausgeschaltet, Herrin." Mit einem Nicken machte die Anführerin sich daran, den Schornstein zu erklimmen, um die Trophäe einzuholen.

Als der Kommandeur aller Krieger des Sternvogel-Clans in das Lager seiner Schützlinge kam, herrschte dort schon Hochstimmung. Die Krieger lachten und scherzten und beglückwünschten Q'Kara und auch sich gegenseitig immer wieder. Die Frau trug den rotbraunen Lappen wie einen Umhang um die Schultern.

„Oh. Ältester. Herr." Eine der Wachen vor dem Lager bemerkte ihn, und die anderen wurden ruhig.

Der Ankömmling trat langsam zwischen seine Leute und legte der Anführerin des Trupps bedeutungsvoll die Hand auf die Schulter.

„Das war es, was ich von Dir sehen wollte", stellte er fest und sah der Frau in die Augen. „Ich werde dem Rat der Ältesten vorschlagen, Dich zur Lehrerin zu befördern."

„Danke, Herr", antwortete die erleichtert, und ihre Krieger brachten einen Hochruf auf sie aus.

„Komm, lass uns ein Stück gehen." Q'Rafn zog seine Untergebene fort von den Feiernden.

„Das war wirklich gut geplant. Wie bist Du darauf gekommen? Ein so massiver Ablenkungsangriff, und Du spazierst in einem tollkühnen Manöver fast allein in das ungeschützte feindliche Lager", zählte der Mann die Ereignisse noch einmal auf.

„Eine Freundin hat mir geraten, mich auf das zu verlassen, was ich kann", erklärte die Frau.

„Und das wäre?"

„Nun, Herr, ich war früher Räuberin. Wenn ich etwas kann, dann ist es stehlen." Sie kicherte listig. „Und deshalb musste ich mir nur noch überlegen, wie ich es anstelle, dass ich eine Gelegenheit bekomme. Das war der Ablenkungsangriff."

„Gewagt. Aber es hat funktioniert." Der Älteste nickte anerkennend. „Ich glaube, das ist es, was Q'Thrandil in Dir gesehen hat."

„Ja, er hat mich deutlich spüren lassen, dass er nicht glücklich darüber war, mich so lange auf dem Land auf einem kleinen Lehen Ferien machen zu lassen", erwiderte Q'Kara mit einem Schmunzeln.

„Wie recht er hatte", stellte Q'Rafn fest.

*

Q'Maja ging, wenn ihre Liebste nicht da oder zu beschäftigt war, manchmal alleine hinaus auf den schmalen Gang, der auf dem Dach der Empore entlangführte. Hier konnte sie in den Himmel sehen und an Q'Kara wenigstens ungestört denken.

Nur selten kamen Andere hier oben hin. Der Gang diente eigentlich als Zugang zum Dach, falls Schäden daran oder an den darüber befindlichen hohen Fenstern der Haupthalle repariert werden mussten. Die Novizin war deshalb überrascht, plötzlich das leise Quietschen der Tür zu Wendeltreppe zu hören. Jemand kam hierher. Die dunkel verhüllte Gestalt blieb bei ihr stehen, und eine wohlbekannte Stimme sagte: „Ach hier bist Du."

„Du bist zurück!" Spontan umarmte die Frau die Gestalt, die natürlich ihre Gefährtin war. „Ich hab' Dich so vermisst."

„Na, und ich vielleicht." Die Angekommene schlug ihre Kapuze zurück, um die Freundin anzulächeln und erwiderte die Umarmung.

„Sag' schon, wie war es?"

„Ich habe bestanden."

Statt einer Antwort quiekte Q'Maja vor Freude und drückte ihre Geliebte so fest, dass diese fürchtete zu ersticken.

„Erzähl mir alles", verlangte sie neugierig.

Den Rest des frühen Morgens verbrachten beide von ihnen damit, sich gegenseitig zu berichten, was sie erlebt hatten. Nachdem sie von dem listigen Streich der Lehnsherrin gehört hatte, erzählte die Novizin von den Kandidaten, die gerade im Lazarett lagen und die primäre Infektion mit dem Virus durchlitten. Und den Schwierigkeiten, die sich daraus ergeben hatten.

„Na, dass die Freundlichkeit in Person mal an ihre Grenzen kommt, hätte ich auch nicht gedacht", bemerkte Q'Kara in Anspielung auf die Heilerin.

„Und ich erst. Sag' mal, da fällt mir ein, was ich Dich fragen wollte. Weißt Du, warum wir so viele Kandidaten haben? Brauchen wir so viele Neue?", wollte die Novizin wissen.

„Ja, ich kann mir denken, warum", gab ihre Freundin zurück. „Es gibt immer mehr Probleme an den Grenzen. Abgesehen von den Lazar, die ja schon immer auf Ärger aus sind, beanspruchen die Westländer plötzlich die ganze Alte Brücke über den großen Strom", erzählte die Lehnsherrin. „Es ist wahrscheinlich, dass ich mit meiner Schar Krieger dorthin muss, sobald meine Aufnahme in die Kaste der Lehrer bestätigt ist."

„Das wäre dann Ernst und keine Übung mehr", stellte ihre Gefährtin sachlich, aber betroffen fest.

„So sieht es aus. Mach Dir keine Sorgen. Die Brücke ist zu schmal, um darauf richtig zu kämpfen."

„Ich werde trotzdem an Dich denken und erst erleichtert sein, wenn Du in einem Stück wieder hier bist", sagte Q'Maja leise.

„Weiß ich doch. Ich würde mir um Dich auch Sorgen machen", erwiderte Q'Kara und lächelte.

Sie blickte nach Osten, wo soeben der erste gelbliche Lichtstrahl am Horizont erschien.

„Wir sollten nach drinnen verschwinden", bemerkte sie, „die Sonne geht auf."

Die Novizin nickte zustimmend und wandte sich zur Treppe.

„Bleibst Du noch?", fragte die Lehnsherrin, als die Beiden die Empore erreicht hatten.

„Ein kleines bisschen noch", erwiderte die Freundin. „Ich habe am Abend im Lazarett einiges zu tun, da darf ich nicht verschlafen."

„Ich wollte nur wissen, ob Du noch diese merkwürdigen Träume hast", fragte die designierte Lehrerin.

„Träume schon, aber nicht mehr so wie am Anfang. Du meinst vermutlich die Mosaiksteinchen des ganzen Wissens, das das Virus mitbringt", erklärte ihre Gefährtin.

„Ja, genau."

„Das Bild vom Großen Werk ist jetzt mehr oder weniger gut zu erkennen", erzählte die jüngere Frau, als sie die Nische auf der Empore erreichten, in der Q'Kara wohnte.

„Ich kenne jetzt grob den Zyklus, den wir Qash durchlaufen, also als kleine Gruppe in ein Gebiet kommen, dort Menschen oder Elfen finden, die uns im Tausch für Milch und Sicherheit als weise Herren annehmen, das Refugium bauen, und dass wir in der ‚Zeit der Reife' alle fortgehen, uns aufteilen und an einer ganzen Reihe anderer Orte in der Ferne wieder von vorne anfangen. Es ergibt Sinn. Langsam, aber sicher breiten wir Qash uns aus. So, wie es alle Lebewesen machen, wenn sie können", erklärte die Frau. „Da gibt es nur eins, was ich noch nicht begreife. Dieses Gefährt oder Schiff, das wir bauen werden, um fortzugehen. Bauen wir das hier drin? Ist das Refugium deshalb so groß? Und wie bekommen wir es hinunter zum Fluss, wenn es fertig ist?"

„Kannst Du das ‚Gefährt', wie Du es nennst, in Deinen Träumen sehen?", fragte ihre Geliebte vorsichtig.

Statt einer Antwort ging der Blick der Anderen unvermutet wie in weite Fernen, und sie stand da, ohne zu reagieren. Doch ebenso plötzlich kniff sie die Augen zusammen und schüttelte sich kurz, und sie erklärte: „Entschuldige... ich glaube, das eben war Mama. Ich sollte auf jeden Fall nach ihr sehen, glaube ich."

„Schatz, Du solltest sie besser nicht so nennen, wenn andere uns hören könnten. Ihr Amt hat eine hohe Würde und verlangt einen gewissen Respekt", ermahnte die ältere Frau ihre Freundin flüsternd, in dem Wissen, dass ein Qash in einer der anderen Nischen in der Nähe sie dennoch würde hören könnte.

„Machst Du das mit Deiner Elter so?"

„Ja, natürlich."

„Ich muss los. Vielleicht schaue ich später noch bei Dir vorbei, meine Zauberfee."

„Ja, gut."

Wie macht sie das nur, dachte Q'Kara. *Ich kann einfach nicht streng zu ihr sein. Nicht mal eine vorsichtige Ermahnung bekomme ich hin. Ob es der Ältesten Q'Mora auch so geht?*

Mama war sehr stolz, dass Q'Maja sie telepathisch wahrgenommen hatte, und hatte sie ausgiebig gelobt. Leider nahm das einige Zeit in Anspruch. Als die Novizin zurückkehrte, schlief ihre Freundin schon fest, und so beließ sie es bei einem zarten Küßchen auf die Stirn.

Andere Zeiten

Der Frühling war dem Sommer gewichen. Die „verfressene Kuh" aus dem Lazarett hatte noch einmal für Aufsehen gesorgt, als sie als Neue zu den Novizen kam und sich am ersten Abend rundheraus weigerte, die Latrinen zu putzen.

Der Lehrer machte sie vor der versammelten Schar herunter und drohte ihr damit, sie am Ohr die gesamte Wendeltreppe hinunter an den Ort ihrer Pflicht zu schleifen, wenn sie sich nicht eines Besseren besann, worauf sie wütend davon stapfte.

Natürlich feixten und kicherte die anderen Neuen (allesamt junge Männer), die Q'Tardir daraufhin streng musterte und ihnen ganz klar mitteilte, sie brauchten sich gar nicht so zu freuen, weil sie nämlich gleich als Nächste mit dem Putzen dran seien.

„Ihr seid hier nicht mehr bei den Menschen", erklärte er streng. „Bei uns gibt es keine Unterschiede. Hier muss jeder alles machen können."

Nach diesem Ereignis wurde Q'Bea ruhiger und in sich gekehrter und verrichtete die üblichen Arbeiten der Novizen klaglos.

*

„Herrin."

Q'Maja tippte die Heilerin vorsichtig an.

„Was willst Du?" wollte Q'Sjofn wissen, als sie sich umdrehte.

Die Frau zeigte auf die geröteten Stellen an ihren Handgelenken und erklärte: „Das juckt sehr."

„Ah ja. Da wächst etwas unter der Haut", bemerkte die Andere, „das ist normal, keine Sorge. Ich gebe Dir etwas Gänseschmalz, damit kannst Du es einreiben."

„Danke, Herrin."

„Schon gut."

Die Novizin bemerkte, wie abwesend die Leiterin des Lazaretts war.

„Ist etwas, Herrin", fragte sie vorsichtig.

„Ach, nein, eigentlich nicht. Ich muss mich nur um ein paar Dinge kümmern, damit hier alles ungestört weitergeht, solange ich nicht da bin", erklärte die.

„Geht Ihr fort, Herrin?" Der Gedanke machte ihre Untergebene besorgt.

„Nicht für lange, hoffe ich", erwiderte die Frau. „Du hast von Deiner Liebsten vermutlich schon gehört, dass sie mit einer Gruppe Krieger die Westland-Menschen in die Schranken weisen soll, jetzt, da sie Lehrerin ist."

„Ja…"

„Nun, ich habe das zweifelhafte Glück, die Mission als Heilerin zu begleiten", erklärte Q'Sjofn. „Und da mache ich mir natürlich Gedanken, ob jemand von uns verletzt werden wird."

„Das verstehe ich wohl", gab Q'Maja zurück. „Ich mache mir natürlich auch Gedanken, ob es wirklich Kämpfe und Verletzte geben wird."

Und, ob Q'Kara etwas zustoßen könnte, fügte sie in Gedanken hinzu. Die bloße Vorstellung fuhr ihr wie ein Stich in die Brust.

„Ja, so geht es mir auch."

Die Andere hatte sich wieder abgewandt, da sie die Betroffenheit der Novizin bemerkte und deshalb das Thema nicht weiter vertiefen wollte.

„Was soll's. Wird schon alles klappen. Am Ende ist es vielleicht nur eine ‚diplomatische' Mission, bei der ein paar unhöfliche Worte hin und her fliegen, und die Sache ist erledigt."

Die Leiterin sagte es, um die Jüngere zu trösten, befürchtete aber, dass es nicht dabei bleiben würde.

*

Die Tage ohne ihre Geliebte wurden Q'Maja nicht lang. Im Lazarett war natürlich trotzdem viel zu tun. Die Vertretung für Q'Sjofn hatte Q'Tanas übernommen, der innerhalb der Kriegerkaste vom Botendienst zum Heiler gewechselt und in seiner Ausbildung schon weit fortgeschritten war.

Die Kandidaten hatten ihr Fieber natürlich längst überstanden. Tatsächlich war schon die nächste Gruppe Bewerber auf dem Weg dazu. Es mussten reichlich Blutproben genommen werden, und davon übernahm die Novizin ein gutes Teil.

Und zusätzlich litten Qash zwar nicht an Krankheiten und waren geschickt in ihren Bewegungen. Doch auch ihnen konnten Unglücke zustoßen, und so mussten auch ein Teil verstauchte Knöchel und gebrochene Arme versorgt werden.

Eine Abwechslung von diesen Pflichten war deshalb sehr willkommen, und als Q'Mora ihrem Schützling mitteilte, dass sie sie bei einer Besorgung außerhalb des Refugiums begleiten dürfe, freute sich die junge Frau natürlich sehr.

*

„Setz die Kapuze auf, Kind", ermahnte die Älteste ihre Ziehtochter, als sie abmarschbereit vor der Ausgangstür standen. „Unterschätze nicht das Sonnenlicht im Sommer. Und man sollte auch Deine herausgewachsenen alten Haare nicht sehen."

Der Termin, den die hochgestellte Frau wahrzunehmen gedachte, war mit Signore Lorenzo, dem Handelspartner aus Sund. Er wohnte zur Zeit in den ehemaligen Gemächern des Patriziers im Gästehaus am Markt, und natürlich musste man mit ihm ganz entgegen der üblichen Gewohnheiten der Gastgeber am hellen Tag sprechen.

„Ja, Herrin." Q'Maja hatte sich die Worte ihrer Liebsten zu Herzen genommen, denn ihre Ziehmutter ging kraft ihres Ranges natürlich nicht ohne ein Gefolge aus vier Kriegern aus dem Haus.

„Bleib einfach immer in meiner Nähe, bis wir im Gästehaus sind", flüsterte die ältere Frau ihr zu. Dann gab sie das Zeichen, und die Tür öffnete sich.

Das Licht der Sonne war unerwartet grell für die Novizin. Es war das erste Mal seit ihrer Ankunft im letzten Herbst, dass sie die schützende, bunt gefilterte Dämmerung im Inneren des Refugiums verließ.

Draußen war auch ein unglaublicher Lärm. Dabei hatten sie bis zum Markt mit seinen Händlern und Schreiern noch ein gutes Stück zu gehen. Und die Gerüche... Q'Maja dachte daran, dass sie Q'Kara um Verzeihung bitten müsse für ihren Ärger über eine Bemerkung, die diese vor langer Zeit einmal gemacht hatte. Denn es stimmte, wusste sie jetzt. Menschen stanken, und das grauenvoll.

Wie habe ich nur in all dem Dreck und Gestank und Krach gelebt, wiederholte sie einen jetzt frisch erweiterten, oft gedachten Gedanken der letzten Zeit. Das war kein Leben. Gab es wirklich Kandidaten, die allen Ernstes zurück wollten?

Als die beiden Frauen, umgeben von den vier Kriegern, die ihnen den Weg zwischen den Bewohnern der Stadt bahnten, zum Marktplatz einbogen, wurde es noch schlimmer. Mit dem Gebrüll der Marktschreier an ihren Ständen hatte die Novizin gerechnet. Aber nicht damit, dass die Gerüche noch schlimmer wurden.

Zum Gestank all der ungewaschenen Körper und der daran hängenden, niemals gereinigten Lumpen kamen nun noch Gerüche hinzu, die vor einem Jahr für eine Bäuerin noch anziehend und verlockend gewesen waren. Das gebratene Fleisch war jetzt abstoßend. Das Aroma von gepökeltem Schinken ließ die junge Qash beinahe würgen, und sie versuchte, sich einen Teil ihrer Kapuze vor die Nase zu halten.

Q'Mora bemerkte es und legte den Arm locker um die Schultern ihres Zöglings. Die Älteste wusste, dass diese Erfahrung unangenehm war, aber auch notwendig, damit sich die letzten Bindungen, die Novizen manchmal noch zu ihren Wurzeln hatte, lösen konnten. Sie waren Qash und nichts anderes mehr.

Es schien eine Ewigkeit zu dauernd, bis sie das Gästehaus erreicht hatten. Trotz des großen Gedränges auf dem Marktplatz kamen sie gut voran, und die Krieger mussten nur selten Menschen beiseite drängen. In der Regel bemerkten diese vorher, dass die schwarz vermummten Gestalten passieren wollten, und machten ehrerbietig Platz. Manche verbeugten sich sogar.

Am Ziel angekommen, teilten die Wachen sich auf. Zwei blieben außen vor der Tür stehen. Solange die Älteste sich hier befand, würden sie niemand sonst heraus- oder hineinlassen.

Q'Maja wurde, als der Rest der Gruppe eingetreten war, von ihrer Elter angewiesen, bei der Wache des Hauses im Pförtnergemach neben dem Eingang zu warten.

Gehorsam nickte die Jüngere und sah in den winzigen Verschlag, in dem sich nur wenig mehr als eine Bank und ein Hocker befanden.

„Kommt herein", sagte der Krieger, der drinnen saß und noch nicht wusste, wer sich zu ihm gesellte. Die Frau zog ihre Kapuze herunter und setzte sich. Sie atmete tief durch, in dem Versuch, all die unangenehm intensiven Gerüche loszuwerden.

Der Mann, der hier seinen Dienst versah, erkannte an ihren Haaren ihren Rang und blickte sie wissend an.

„Dein erstes Mal draußen?", fragte er mitfühlend.

„Mhm. Geradezu atemberaubend."

„Ja, das ist immer so", erklärte er. „Später, wenn man ab und zu rausgehen muss, gewöhnt man sich etwas daran. Aber so wie vorher wird es nie mehr."

„Wie konnten wir früher nur so leben", murmelte die Jüngere.

„Wir werden es ihnen beibringen, Stück für Stück", antwortete der Mann. Ich meine, wir beide haben es ja auch gelernt, am Anfang der Zeit als Novizen."

Der Krieger machte eine Pause, in der sein Blick auf die Hände seines Gastes fiel. „Oh", verzog er sein Gesicht. „Da solltest Du besonders drauf achten, weißt Du."

Er zeigte auf die Hände von Q'Maja, die an einigen Stellen nicht mehr weiß, sondern deutlich gerötet waren.

„Du hast wohl Sonne abbekommen", erklärte der Mann. „Du solltest die Hände besser schützen. Deswegen sind die Ärmel an dem Umhang so lang. Man kann die Hände bei Tag darin ein-wickeln, damit so etwas nicht passiert."

Er demonstrierte es an seinem eigenen Umhang. „Mit etwas Übung kann man so" – er zeigte die Bewegung - „mit dem Stoff sogar noch Dinge greifen."

Q'Maja versuchte, das Gesehene nachzuahmen, aber der Ärmel fiel immer wieder zurück.

„Nein, mit den kleinen Fingern festhalten", instruierte der Krie-ger sie. Der nächste Versuch gelang besser.

„So kannst Du auch nach oben greifen und bist geschützt. Ver-such es", setzte der Mann hinzu.

Die Novizin tat, wie ihr geheißen, und wirklich blieb ihre Hand in dem Ärmel eingewickelt. Am Anfang wenigstens.

Ihr Gegenüber lachte. „Das Prinzip hast Du verstanden. Den Rest lernst Du noch durch Üben."

„Natürlich. Danke, Herr", sagte die Frau.

Der Besuch endete nach einiger Zeit des Wartens. Die Älteste kam mit Signore Lorenzo die Stiege des engen Hauses herunter, gefolgt von ihren und seinen Wachen.

Vorsichtshalber setzte die junge Frau ihre Kapuze wieder auf, aber nur weit genug, um ihre halb ausgewachsenen, nicht wei-ßen Haare zu verbergen.

„Es ist immer eine Freude, mit Euch Geschäfte zu machen", sagte Q'Mora, sobald all die Personen in der Eingangsdiele ver-sammelt waren. Als der Blick des Signore auf die wartende jün-gere Frau fiel, erklärte ihre Ziehmutter charmant: „Das ist Q'Maja, meine Tochter. Sie hat mich zu Euch begleitet."

„Ich bin entzückt, Signorina", begrüßte der Menschenmann sie mit einer leichten Verbeugung und einem glutvollen Blick. Die Angesprochene deutete nur ein leichtes Lächeln an.

„So, mein lieber Lorenzo, für uns ist es nun wirklich Zeit, wie-der aufzubrechen", stellte die hochgestellte Qash fest.

„Mein Bedauern ist unendlich, doch auch ich habe Pflichten, die mich fort von hier rufen, Signora", erwiderte der Mann aus

Sund. Er sprach mit einem seltsam weichen Akzent, den die Jüngere nicht kannte. „Auf ein nächstes Mal."

„Ja, auf ein nächstes Mal und weiter gute Geschäfte." Q'Mora zog die Kapuze hoch und wandte sich um.

„Kind, kannst Du das nehmen", sagte sie zu ihrer wartenden Begleiterin und übergab ihr eine kleine Holzschatulle, die überraschend schwer war.

Da müssen wohl Dukaten drin sein, dachte die Novizin und folgte ihrer Elter nach draußen, wobei sie sorgfältig das gerade Gelernte beachtete und ihre Hände mit der Schatulle eingewickelt hielt.

Nach einem letzten Abschiedswinken nahmen die vier Krieger wieder die beiden Frauen in die Mitte, und sie gingen zurück in die kühle Dämmerung ihres Refugiums.

Zurück in ihrem Heim nahm die Älteste die junge Frau kurzerhand mit in ihr Gemach. Dort öffnete sie die Schatulle und zählte die Goldstücke, die darin waren.

„Na, ich bin sicher, das ist nicht alles", murmelte die Frau vor sich hin. Sie saß schon an ihrem Schreibpult und kratzte mit der Feder über ein Pergament. „Er betrügt, der gute Lorenzo. Immerhin betrügt er weniger als manche von den Anderen."

„Mama?"

„Ja, Kind?"

„Wie konntest Du zulassen, dass er Dich so respektlos behandelt", fragte Q'Maja erstaunt. „Ich meine, bei mir ist es noch nicht so lange her… er hat Dich regelrecht *umworben*."

„Ja, ich weiß, wie Menschenmänner sind, Kind", erklärte die Schreibende. „So alt bin ich nun auch noch nicht, dass alle Erinnerungen an das Leben davor von mir abgefallen sind."

Q'Mora sah von ihrem Pergament auf.

„Weißt Du, deswegen gehen in den meisten Fällen auch Q'Yola oder ich zu den Treffen mit Handelsherren aus den Städten im Süden. Die sehen immer noch nur die Frauen in uns, die sie begehren. Das ist ihre Schwäche. Und mit etwas Geschick lässt sich das ausnutzen, und sie werden zu Wachs in unseren Händen. Das Resultat ist gut für uns."

Die hochgestellte Qash warf der Novizin einen herzliches und charmantes warmes Lächeln zu, das sofort wieder verschwand. „Alles nur Übung", kommentierte sie knapp.

Eine Weile blieb es still, und die Jüngere wusste nicht genau, worauf sie wartete.

Schließlich sagte ihre Ziehmutter: „Es gibt Nachricht aus dem Westen. Ich dachte, Du möchtest das sicher wissen."

„Ja, natürlich." Q'Majas Gedanken waren natürlich sofort bei ihrer Liebsten.

„Sie sind ohne Zwischenfälle an der Alten Brücke angekommen und haben einen Lagebericht geschickt. Q'Kara meint, dass sie die Eindringlinge mit einer List zurückwerfen kann."

Die Älteste sah auf. „Das war leider alles", erklärte sie.

„Danke, Mama."

Das Lächeln der Ältesten war diesmal echt.

*

„Gibt es irgendeine Möglichkeit, ungesehen am Ufer unter den ersten Bogen der Brücke zu kommen?", wollte die Anführerin von den beiden Spähern wissen.

„Wenn es dunkel genug ist, wahrscheinlich schon", erwiderte Q'Kor. „Ich habe gesehen, dass der Fluss bei einem Hochwasser in der letzten Zeit das Ufer etwas unterspült hat. Der ausgehöhlte Streifen Erde ist jetzt ein Stück über dem Wasser. Der könnte uns Deckung geben."

Q'Kara nickte und sah die Späherin an. „Und wie sieht es drinnen aus?"

„Herrin, alles konnte ich von dem Baum aus nicht erkennen. Sie haben die ganze Zeit zwei Wachen gehabt. Die anderen spielen vor den Zelten mit Würfeln oder bessern ihre Ausrüstung aus. Diese Befestigung, die sie hier vor der Brücke gebaut haben, besteht aus einzelnen Brettern mit einer Stütze hinten dran. Sie sind, glaube ich, beweglich, denn sie stehen nicht gleichmäßig nebeneinander. Manche sind etwas verschoben."

„Pluteus", erklärte die Befehlhaberin. „So ein Brett mit Stange heißt Pluteus, und es hat kleine Rollen,damit man es bewegen kann. Man kann sich dahinter vor Pfeilen verstecken. Das ist schon eine ganze Menge, die Du gesehen hast. Keine richtige Befestigung, die die Brücke dauerhaft für uns blockiert, obwohl es auf den ersten Blick so aussieht."

„Wie ist der Plan, Herrin", wollte Q'Sini wissen, die auf neue Aufträge brannte.

„Ich wüsste etwas für Dich...", murmelte die Lehrerin. „Jemand müsste direkt am Ufer von unten auf die Brücke klettern. Die Böschung ist so steil, dass sie es oben in ihrem befestigten Lager nicht gleich mitbekommen sollten. Meinst Du, das kriegst Du hin, wenn wir ein Seil da hinauf bekommen?"

„Aber klar", erwiderte die Frau erfreut.

„Ich könnte einen Hakenpfeil mit dem Seil auf die Brüstung schießen", schlug Q'Nan vor, der der kräftigste Schütze war.

„Nicht schlecht, aber der Haken würde auf dem Stein klappern. Das hören selbst die", erklärte Q'Kara. Sie überlegte kurz und schlug dann vor: „Könntest Du auch einen Pfeil mit Seil dran über die Brücke hinweg schießen? Das Seil sollte leiser fallen. Mit etwas Glück besaufen die sich auch am Abend, gröhlen wieder ihre primitiven Lieder und merken davon nichts."

In der Gruppe der Krieger gab es ein höhnisches Kichern.

Q'Kor fragte besorgt: „Herrin, dann müsste aber jemand da unten am Wasser sehr leise in vollkommener Dunkelheit nach dem Pfeil suchen." Der Späher dachte kurz nach und setzte dann hinzu: „Wir werden ja sicher warten, bis der Mond untergeht und die nichts mehr sehen können."

Die Anführerin überlegte angestrengt. *Dunkelheit*, dachte sie, *welche Sinne sind da bei uns überlegen. Gehör, natürlich, und der Geruchssinn.*

„Ich glaube, ich habe eine Idee...", sagte sie.

Am Abend brannte in dem westländischen Lager, das den Zugang von Nedellon auf die Alte Brücke blockierte, ein helles Lagerfeuer. Die Büttel im Lager brieten sich Fleischstücke an Stöcken, und in einem großen Topf über dem Feuer blubberte Hafergrütze, das konnten die Qash bis hinunter an den Rand des Wassers riechen.

Ein Fäßchen mit Dünnbier leerte sich mehr und mehr, und je später der Abend wurde, umso lauter wurden die zotigen Gesänge der Männer.

Das war, worauf die Schar der Krieger gehofft hatte. Q'Nan legte den Pfeil mit dem Seil am Ende auf die Sehne seines Bogens, zog ihn ganz auf, rümpfte kurz die Nase, und schon verschwand das Geschoss im Nachthimmel.

Es blieb ruhig bei ihnen, und die Menschenkrieger oberhalb von ihnen sangen einen weiteren Refrain.

„Ich hasse es, wenn sie so über ihre Frauen singen", flüsterte Q'Sini der Anführerin zu.

„Ich auch", antwortete die. „Sie scheinen nichts gemerkt zu haben. Nimm das Seil und warte, ob das Signal kommt."

Auf der anderen Seite unter dem Brückenbogen stand Q'Kor und lauschte, was mit der Untermalung durch die groben Gesänge der Eindringlinge nicht ganz leicht war.

War das eben das Geräusch eines leichten Gegenstandes, der in das Gras der Böschung fiel?

Der Mann begann prüfend die Luft einzuziehen und schnüffelte. *Die Richtung könnte hinkommen*, dachte er. *Wenn noch der Geruch stimmt…*

Er bewegte sich lautlos entlang der Böschung. Das Aroma von saurer Milch wurde deutlicher. Damit war der Pfeil eingerieben, was Menschen von dort oben ganz sicher nicht wahrnehmen konnten. Ein Qash allerdings schon.

Wenige Minuten später hielt er den Pfeil in der Hand, löste das Seil und zog es langsam und vorsichtig an, bis er einen Widerstand spürte. Dann ruckte er zwei Mal kurz.

Beim Rest der Gruppe hob Q'Sini den Daumen, und Q'Kara nickte ihr zu. „Jetzt warte, bis die schlafen", flüsterte sie.

Es dauerte noch eine Stunde, bis es soweit war und die grausigen Gesänge langsam verstummten. Mit ihrem scharfen Gehör konnten die Qash sogar das Schnarchen einzelner Menschen wahrnehmen.

„Los", flüsterte die Anführerin schließlich zu der Späherin..

Von den Wachen unbemerkt, doch nicht weit entfernt, gelangte die Qash-Kriegerin so in der Dunkelheit an das Mäuerchen an der Seite der Brücke. Auf der Außenseite gab es ein Sims, und geräuschlos schwang sie sich hinüber auf den steinernen Weg.

Alles blieb ruhig.

Geräuschlos wie eine Katze schlich die Frau in Richtung auf das Lager. Die hölzernen Befestigungen trennten nicht den Brückenweg vom Lager. Offenbar planten die Menschen ein, entweder schnell fliehen zu können oder schnell Verstärkung von der anderen Seite zu rufen.

Der Schein des Lagerfeuers reichte bis zum Anfang der Brücke. Die Kriegerin kletterte deshalb schon ein Stück vorher wieder auf die Außenseite, wo sie im Schatten an das Sims geklammert weiter vorankroch. Als der obere Rand der Böschung in Reichweite war, ließ sie sich in deren Schatten hinunter gleiten und gelangte so ungesehen von den Wachen zwischen die Zelte mit den Schnarchern. Von hier aus konnte sie näher an das Feuer gelangen, ohne bemerkt zu werden.

Eine Wache saß an den Flammen und streckte die Hände aus, um sich zu wärmen. Wo war der andere Wächter?

Q'Sini zwang ihr Herz, langsam zu schlagen, um sich nicht aufzuregen. Angst war ein schlechter Ratgeber. Ruhig und methodisch ließ sie den Blick über das Gelände des westländischen Lagers schweifen und bemerkte schließlich eine Bewegung. Der Andere ging entlang der provisorischen Befestigung und blieb hin und wieder stehen, um einen Blick in das Dunkel davor zu werfen.

Eine gute Gelegenheit, dachte die Kriegerin und machte sich bereit, loszuspringen. *Wenn er das nächste Mal stehenbleibt, schnappe ich mir den anderen.*

Unter anderen Umständen hätte der westländische Mann sich vermutlich darüber gefreut, die leise Stimme einer Frau so nah an seinem Ohr zu hören, doch die kräftige Hand vor seinem Mund und der Druck des Stahls an seiner Kehle signalisierte ihm auch so schon, dass dies kein Spaß war.

„Kein Laut, oder…" Q'Sini verstärkte den Druck ihres Dolches eine Kleinigkeit.

Der Westländer nickte eifrig. Der Dolch verschwand, und etwas, das er nicht erkennen konnte, kratzte ihn im Gesicht.

Die Kriegerin drückte den betäubten Körper ihres Opfers vorsichtig in seinen Sitz und verschwand wieder in der Dunkelheit zwischen den Zelten.

Sie musste eine ganze Weile warten, ehe der andere Wächter von seiner Runde zurück kam. Er sprach den Sitzenden an und rüttelte ihn.

„Hey, schläfst Du etwa?", sagte er leise, um die anderen nicht zu wecken, ehe auch er Q'Sinis Stimme hörte und kurz darauf bewußtlos neben seinem Waffenbruder lag.

Als beide Wachen ausgeschaltet waren, lauschte die Qash zunächst, ob sich bei den Schlafenden etwas regte. Außer dem gleichmäßigen Schnarchen war nichts zu vernehmen, und so schlich die Kriegerin sich wieder den Weg im Schatten der Böschung zurück.

An der Brücke angekommen, horchte sie und nahm leise Geräusche wahr. Die anderen Krieger folgten ihr bereits, und so huschte sie ihnen wie ein Schatten entgegen.

„Da kommt jemand", signalisierte Q'Kor, fügte dann aber das Handzeichen für „Freund" hinzu. Die Späherin hockte sich neben ihm nieder.

Q'Kara schlich zu den Beiden. „Wie sieht es aus", wollte sie von der Frau wissen.

„Wachen sind ausgeschaltet", erklärte die, „und der ganze Rest der Truppe schläft in den Zelten. Wir können sie einfach entwaffnen und gefangennehmen."

„Du hast allein beide Wachen erledigt?", fragte Q'Kor fast ein bisschen enttäuscht. „Wie hast Du das angestellt?" Die Späherin hielt beide Arme nach vorne, und beide Klauen ragten noch ein Stück aus den Hautfalten an den Handgelenken. „Damit", erklärte sie knapp. „Zum Glück waren es nur zwei, für mehr hätte mein Gift nicht gereicht. Sie liegen beide am Feuer und schlafen tief und fest."

„Sehr gut gemacht", erklärte die Anführerin und gab dem Rest der Krieger das Zeichen, ihr zu folgen. „Dann greifen wir uns mal den Rest."

*

Die Männer aus dem Westland waren am Morgen noch immer unglücklich darüber, gefesselt und ohne ihre Waffen und Ausrüstung in einem Lager zu sitzen, das ihr Feind kampflos eingenommen hatte.

Q'Sjofn sah nach ihnen, doch ebenso wie die Qash-Krieger hatte keiner von ihnen auch nur einen Kratzer abbekommen.

Die beiden Wachen waren noch benommen, aber am Leben. Sie hatten allerdings beide einen gehörigen Kratzer mitten im Gesicht. Q'Sini war nicht zimperlich mit ihnen gewesen. Die Heilerin versorgte die Wunden der beiden Menschen mit einer Paste aus Wegerich-Blättern. Dank erhielt sie keinen dafür.

Die Zelte des Lagers und ihre spärliche Einrichtung wanderten ins Feuer. Ein Teil der „Pluteus" genannten Befestigungen diente inzwischen ebenfalls als Feuerholz. Einige wenige hatte Q'Kara aufheben lassen, und die Krieger hatten sie noch im Morgengrauen auf der Brücke bis zur Grenzmarkierung über der Mitte des Stromes geschoben. Dort warteten einige Bogenschützen in ihrem Schutz, wie man in Westland auf die veränderte Situation regieren würde.

Jeweils die Hälfte der Krieger schlief einige Stunden im Schatten der Brücke, der Rest bewachte die Gefangenen oder bemannte die Sperre auf der Brücke. Es war schon Nachmittag, als ein Krieger am Umhang von Q'Kara zupfte, in den die sich gewickelt hatte, um etwas Ruhe zu finden.

„Was ist?", wollte die Anführerin wissen. Sie war sofort hellwach.

„Die wollen mit euch sprechen, Herrin."

„Na, also."

„Was wollt ihr", rief die Lehrerin, als sie hinter dem vordersten Pluteus hockte.

„Ich will wissen, was ihr mit meinen Männern gemacht habt" brüllte eine wütende Stimme zurück.

„Die sind wohlauf", erklärte die Qash, „sitzen gut verschnürt in ihrem, ich meine unserem, Lager. Ihr könnt sie wiederhaben, wenn auch ohne ihre Rüstungen und Waffen."

Die Frau warf einen schnellen Blick durch die Scharte im Holz, durch die ein Bogenschütze schießen konnte. Der westländische Befehlshaber stand ein Stück entfernt mitten auf der Brücke. Mehrere Schildträger gaben ihm Deckung.

„Wahrscheinlich haben sie inzwischen Hunger und volle Hosen", rief die Qash.

„Was verlangt ihr für das Leben meiner Männer?", fragte der westländische Anführer.

„Nur, dass ihr das nicht wieder versucht. Ihr bleibt auf eurem Ufer, wir auf unserem", antwortete Q'Kara.

Auf der anderen Seite wurde es eine Weile still. Dann rief der Mann: „Das muss unser Fürst entscheiden."

„Dann sagt ihm, dass das, was heute Nacht geschehen ist, beim nächsten Mal wieder geschehen wird, so lange, bis er begreift, dass wir kein Stück von Nedellon aufgeben werden", erklärte die Anführerin von ihrem Platz an der Schutzwand.

„Eure Ausrüstung werfen wir in den Fluss, weil sie für uns nichts taugt", setzte die Qash hinzu. „Die Waffen nehmen wir mit, weil unsere Schmiede sie einschmelzen können, um etwas Brauchbares daraus zu machen. Sagt ihm das. All das kostet nämlich Geld, von dem er vielleicht nicht genug hat, um es oft zu versuchen."

„Ihr seid wirklich Dämonen", spuckte der Gesprächspartner verächtlich aus. „Wer sonst könnte so niederträchtig sein?"

„Jemand, der euch eine deutliche Lektion erteilen möchte", gab die Anführerin zurück. „Ich rate dazu, sie schnell zu lernen. Eure Männer schicke ich euch in einer Stunde."

*

Q'Bea war von Zweifeln geplagt, und das war ihr bisher noch nie passiert. Etwas in ihr wollte, dass sie ihrem Elter alles erzählte. Sie war eine Spionin, geschickt, um mögliche Schwachstellen der herrschenden Qash auszukundschaften. Doch war das wirklich richtig so?

Früher hatte die junge Frau nie Zweifel. Sie hatte nur ein Interesse an ihrem persönlichen Vorteil. In dieser Hinsicht war sie eine wahre Tochter ihres Vaters, des Handelsherren Moritz von Nadan, der vielen Gefolgsleuten und noch mehr Konkurrenten ein Begriff war. Er schreckte nicht davor zurück, seine eigenen Familienmitglieder bei Konkurrenten oder möglichen Geschäftspartnern inkognito einzuschleusen.

Hatten diese Spitzel genug pikante Details oder erotische Geheimnisse aufgedeckt, konnten sie sich einer fürstlichen Belohnung sicher sein, wenn er oder sie dem Familienoberhaupt berichtete. Geschäfte mit den Opfern gestalteten sich nämlich in solchen Fällen auf natürliche Weise immer sehr lukrativ für Moritz und seine Verwandtschaft, was nicht unerheblich zu ihrem Reichtum beigetragen hatte.

Auch Q'Bea hatte bisher gut davon gelebt. Bei der Ankündigung, sie bei den Qash einzuschleusen, hatte die junge Frau zunächst gezögert. Zu wenig war über die Nachtwesen und das, was sie mit jenen taten, die sich ihnen anschlossen, bekannt.

Allerdings war sie als dritte Tochter trotz des Reichtums ihres Vater voraussichtlich nicht eben mit einer üppigen Mitgift gesegnet. Die Frau hatte keine Lust, eines Tages bei einem von Papas geringeren Günstlingen im Brautbett zu landen. Die Aussicht auf genug Geld und ein eigenes Haus mit Bediensteten in der Stadt verhieß demgegenüber viel mehr Unabhängigkeit. Herrin im eigenen Haus zu sein war etwas, dass der jungen Bea sehr gefallen wollte. Die Aussicht, später einem Herrn zu Diensten sein zu müssen, fand sie hingegen deutlich unattraktiver.

Also hatte sie die Mission trotz aller möglichen Gefahren und unbekannter Risiken angenommen.

Es war alles ganz einfach, dachte sie. *Beschaffe die Informationen, die Papa will, Du wirst reich und frei sein.*

Nur war die Sache jetzt nicht mehr so einfach. Da war das Große Werk, das ihr hin und wieder im Kopf herum schwirrte. War es nicht gut und richtig, an solch einer wichtigen Sache mitzuarbeiten, sein Teil beizutragen?

An dieser Stelle stutzte Q'Bea regelmäßig und wollte in gewohnter Manier denken, *was geht es mich an? Sollen die doch bauen, was sie wollen, ich werde mit die Finger dabei nicht schmutzig machen.*

Aber das gelang ihr nicht mehr. Etwas war anders als früher, und in ihrer Not wollte sie sich ihrem Elter anvertrauen. Einmal hatte sie bereits vor der Tür des Gemaches der Krieger gestanden, was sie furchtbar erschreckt hatte, und leise schlich sie sich schnell wieder zurück in das Quartier der Novizen.

Meistens kamen nach solchen Momenten Träume, während sie schlief. Sie stand vor einem Richter, der sie mit donnernder Stimme des Verrats bezichtigte, und als sie zu ihrer Verteidigung nichts vorbringen konnte, sie zur schwersten Strafe verurteilte. Am Anfang war der Richter ein Mensch gewesen, doch immer öfter richtete in der letzten Zeit ein Qash in ihren Traumgespinsten über sie. Sie erwachte davon schweißgebadet und schwer atmend und voller dunkler Vorahnungen.

Sie haben das nicht verdient, dachte die junge Frau. *Die Nacht-wesen waren gut zu mir. Gut, arbeiten muss man hier, aber das ist in den Wohnhäusern der Patrizier schlimmer.*

Schön dumm, erwiderte eine andere Stimme in ihr. *Wenn sie nicht auf sich aufpassen, dann kommt eben jemand wie ich und trägt das Wissen über sie zum eigenen Vorteil davon. Denk' dran, es wird Dich reich und frei machen.*

War es das wert? Die Novizin hielt sich vor innerer Qual den Kopf.

Ich werde ja selbst immer mehr zu einer von ihnen, dachte sie. *Schade ich damit dann nicht auch mir selbst?*

Weder ihr Vater noch sie selbst hatten voraussehen können, dass die Saat so früh, schon ganz am Anfang, übertragen wurde. Sie hatten geglaubt, das würde viel später geschehen, und Bea würde bis dahin schon längst wieder im vertrauten Schoß der Familie weilen.

Da will ich überhaupt nicht wieder hin, dachte die Frau ver-zweifelt, *was soll ich da, mitten in Intrigen und Machtkämpfen. Hier ist es ruhig und friedlich. Ich möchte eigentlich bleiben.*

Nein, nein, nein, kreischte ihr anderes Ich in ihrem Kopf, *das lasse ich nicht zu! Ich WILL meine Belohnung!*

Wie sie es auch drehte und wendete, ob als Bea, der Tochter des Handelsherrn, oder als Novizin Q'Bea vom Sternvogel-Clan der Qash, sie fühlte sich als Verräterin.

Triumph

Der Empfang als Heldin war schwieriger als gedacht für Q'Kara. Nicht nur, dass die Schar der heimkehrenden Krieger von jedem im Refugium einzeln beglückwünscht wurde (so kam es ihnen jedenfalls vor), auch in den Tagen danach blieb wenig Zeit für sie selbst. Die Anführerin musste verschiedenen der Ältesten ausführlich berichten, was sie nicht abschlagen konnte, und natürlich wurde sie von ihrer Geliebten immer wieder ausgefragt, und der Anstand eines Qash gebot auch, der Elter von dem Erfolg persönlich zu erzählen.

Und die Frau traf immer wieder Weggefährten aus der Vergangenheit, die sich wieder ihrer erinnerten und natürlich auch alles ganz genau wissen wollten. Den einfachen Kriegern ging es im Rahmen ihrer Freunde nicht anders.

Aber nur an drei dieser Gespräche erinnerte sich die Lehrerin später genauer. Das erste davon war der Bericht, den sie den beiden Ältesten liefern musste, denen sie direkt verantwortlich war: Q'Thrandil und Q'Rafn.

„Und dann haben wir am Abend die Kerle über die Brücke getrieben, barfuß und nur in ihren schmutzigen Lumpen", schloss Q'Kara die Erzählung ihres Abenteuers ab. „Feind besiegt, niemand wurde verletzt, unsere Grenze ist wiederhergestellt. Der einzige Nachteil war, dass uns auf dem Rückweg die Milchvorräte endgültig sauer geworden sind, aber wir haben einfach an ein paar der Höfe um Ersatz gebeten."

„Beeindruckend, wirklich", antwortete Q'Thrandil. „Ich hatte darauf gehofft, dass Du zu etwas wie dem fähig bist. Meine Freude, mich nicht getäuscht zu haben, ist sehr groß."

„Dem schließe ich mich an", erklärte Q'Rafn. „Sehr gut ist auch, das die Menschen alle lebend zurück gelangt sind. Das wird keinen Wunsch nach Rache nähren, unter dessen Druck sie vielleicht schon bald ihren nächsten Vorstoß planen würden."

„Herr, ich hätte da noch ein paar Gedanken zu", erwiderte die Anführerin der erfolgreichen Schar. „Mit Eurer Erlaubnis natürlich."

„Sprich frei heraus", forderte der andere Mann sie auf.

„Mein Gespür sagt mir, dass wir trotzdem noch ein Zeichen setzen müssen. Etwas Sichtbares, das sie bemerken, wenn sie wieder über den großen Strom schauen, das ihnen zu verstehen gibt, dass wir wachsam sind."

„An was dachtest Du da?", fragte der Kommandeur der Krieger.

„Ich habe mir, als wir die westländischen Büttel in ihrem Lager ausgespäht haben, die Karte unseres Landes etwas genauer angesehen", erklärte die Frau und zog ein Pergament unter ihrem Umhang hervor. „Und mir ist etwas aufgefallen. Darf ich?"

„Bitte." Q'Rafn deutete mit der Hand auf den breiten Tisch, an dem sie saßen.

Q'Kara breitete die Rolle aus. Es war eine der Karten von Nedellon , die von den Kriegern bei ihren Übungen und Missionen benutzt wurden.

„Da." Der Finger der Lehrerin zeigte auf die Stelle, an der der kleine Fluss Nede, an dem auch die Stadt Nadan lag, in den größeren Strom, der von den Bergen kam, mündete. Eine lange Landzunge befand sich dort, ehe sich die beiden Gewässer endgültig mischten. „Ich habe mich gefragt, warum an dieser Stelle keine Siedlung ist. Ein Wachturm, ein Landungsstreifen für Boote, eine Befestigung", merkte sie an.

„Warum, meinst Du, wäre das gut für uns?", fragte Q'Thrandil, aber der andere Mann grinste nur breit.

„Das ist ein wichtiger Platz. Man könnte dort Waren umschlagen. Händler könnten sich ansiedeln. Und man könnte denen auf der anderen Seite des Wassers zeigen: wir sind hier. Wir haben euch im Auge", erklärte die Frau, und sie konnte nicht vermeiden, dabei listig zu lächeln. „Und dabei könnte man den Booten und Händlern vielleicht auch noch Wasserzoll abknöpfen. Schließlich beschützt die Siedlung ja ihren Weg."

Der Älteste mit den Elfenohren musste kichern, und seine Augen zogen sich zu Schlitzen zusammen, während er lachte. „Falls wir jemals Steuern statt Milch von den Menschen eintreiben wollen, sollten wir unbedingt Dich damit beauftragen", erwiderte er, zeigte auf die Lehrerin und lachte wieder.

Der andere Mann blieb ruhig. „Ich frage mich nur, warum es auf der Landzunge nicht längst eine Siedlung gibt", bemerkte er nachdenklich. „Ist der Boden vielleicht zu schlammig? Wird das schmale Stück Sand zu oft vom Hochwasser überspült?"

„Das weiß ich nicht", antworte Q'Kara. „Eine meiner Kriegerinnen sagte, dort wohne einfach niemand, weil der Strom zu reißend für den Fischfang ist. Aber ich habe auch gesehen, dass die Alte Brücke, an der wir waren, drei Bögen aus Stein hat. Sie ruht auf zwei dicken Pfeilern, die beide mitten im Strom sind. Ich möchte wissen, wie die da hin gekommen sind. Wenn das möglich war, dann können wir auch die Landzunge befestigen, selbst wenn sie nur Sumpf ist."

„In der Stadt gibt es Baumeister. Wenn die nicht helfen können, dann vielleicht einer der Baumeister aus Sund", erwiderte Q'Thrandil. „Die Burschen sind uns ohnehin noch etwas schuldig, für soviel einträgliche Arbeit, wie wir noch für die nächsten Jahrhunderte mit diesem Refugium zu bieten haben."

Mit einem immer noch verschmitzten Lächeln sah der Mann die Anführerin der Kriegerschar an. „Ich werde mich erkundigen."

*

Das zweite der Gespräche, an die sich Q'Kara erinnerte, fand mit ihrer Elter statt.

„Schön, dass Du Dich meiner auch mal wieder erinnerst", scherzte Q'Andra, als ihr nunmehr berühmter Zögling sie in ihrer Nische auf der Empore besuchte und sie etwas Milch für beide einschenkte.

„Ach, Mama." Die Ziehtochter lächelte und fügte hinzu: „Ich darf das doch sagen, oder? Schließlich haben wir jetzt den gleichen Rang."

„Du hättest das von Anfang an sagen können, Kind. Ich hatte nichts dagegen. Du hast Dich entschieden, es nicht zu tun und mich als höher Gestellte zu behandeln." Die andere Lehrerin schmunzelte. „Komm her, mein kleiner Schatz. Als Deine Mama darf ich ja wohl ein bisschen stolz auf Dich sein, oder?"

„Natürlich darfst Du das", erklärte die jüngere Lehrerin und ließ sich von ihrer Elter in dem Arm nehmen und kräftig drücken.

„Ich verdanke alles nur Dir", flüsterte sie. „Ohne Dich wäre ich jetzt wahrscheinlich nicht mehr am Leben. Hingerichtet oder mit der Zeit an Altersschwäche gestorben. Warum hast Du mich damals eigentlich ausgesucht?"

„Du hattest so einen trotzigen Blick", erklärte Q'Andra. „Der erinnerte mich an mich selbst. Wie ausweglos die Situation auch war, Du hast Dich nicht dem Schicksal ergeben."

Die Frau sah ihren ehemaligen Schützling an und setzte nach einen Pause hinzu: „Solche Leute brauchen die Qash. Das weißt Du ja inzwischen selbst."

Q'Kara nickte nur, löste sich aus der Umarmung und fragte nach kurzem Zögern: „Wie war es eigentlich bei Dir? Du hast mir das nie erzählt."

„Und Du Dummchen hast Dich vor lauter Respekt nicht getraut zu fragen", neckte die ältere Lehrerin sie. Nach einem Moment des Überlegens sagte sie: „Ich war damals eine Verbannte und lebte halb verhungert in den Wäldern weit im Osten."

„Warum hat man Dich verbannt?", fragte die Jüngere vorsichtig.

„Das weiß ich selbst nicht. Vielleicht, weil ich keinen von den Holzköpfen im Dorf heiraten wollte. Weil ich nicht kokett genug zurück gelächelt habe, wenn mir einer hinter glotzte oder pfiff. Weil ich dem Jarl widersprochen habe, wenn er offensichtlichen Unsinn von sich gab. Es kann alles das oder etwas ganz anderes gewesen sein."

Q'Andra schwieg, nachdem sie diese Erinnerungen berichtet hatte und atmete tief durch. Fast klang es wie ein Seufzer. „Was soll es", stellte sie schließlich fest. „Alle, die mir damals Unrecht getan haben, in diesem von allen Göttern verlassenen Dorf ohne Namen am Rand der Wildnis, leben schon lange nicht mehr, und niemand kennt ihre Namen noch. Aber Q'Aisa lebt noch immer hier mit uns."

„Ist das Deine Elter?", wollte die Ziehtochter wissen.

„Ja. Die Älteste, die die Heiler der Kriegerkaste ausbildet. Damals war sie einfach nur selbst die Heilerin der kleinen Gruppe Qash."

„Kaum zu glauben", kommentierte Q'Kara.

„Das dachte ich auch. Wie ich erzählt habe, war ich halb verhungert, und ich konnte nicht mehr fliehen, als ich diese Gestalten wie aus einem Albtraum auf mich zukommen sah. Sie hat dafür gesorgt, dass ich überlebe. Q'Rafn hat damals mit dem Bogen kleine Tiere erlegt, damit ich zu essen hatte", antwortete Q'Andra. „Sie haben mich gerettet. Und deshalb habe ich ‚Ja' gesagt, als sie mich gefragt haben, ob ich mich ihnen anschließen will."

„Das ist faszinierend. Du musst eine der Ersten gewesen sein, an die die Saat weitergegeben wurde", stellte die Anführerin der Kriegerschar fest.

„Ich war *die* Erste, mein Kind", erwiderte die Frau bestimmt.

„Was macht denn eigentlich Deine Freundin", wechselte sie das Thema. „Ich hab ehrlich gesagt ihren Namen nicht behalten."

„Q'Maja ist inzwischen Novizin und schon fast soweit, in die Kriegerkaste aufgenommen zu werden. Sie wird vermutlich auch Heilerin werden, so wie es aussieht", erzähle Q'Kara.

„Und? Noch alles gut mit euch?", wollte die Gastgeberin wissen.

„Ja. Wir sehen uns im Moment nicht so oft, wie wir möchten, aber lieb haben wir uns noch immer", erwiderte die Besucherin.

„Manchmal habe ich das Gefühl, ich träume das alles nur."

Ein gedankenverlorener, weicher Ausdruck erschien in ihrem Gesicht, und es war nicht schwer zu erraten, bei wem ihre Gedanken weilten. Unvermittelt sammelte sie sich wieder und fragte: „Sag mal, Mama, was machen eigentlich Deine Glasmacher?"

Q'Andra lachte. „Die sind recht kleinlaut im Moment. In der Stadt haben sie natürlich das Zunftrecht, Glas als Einzige herstellen zu dürfen. Ich habe deshalb mit Q'Thrandils Hilfe einen Glasmachermeister aus dem Süden angeworben. Wir haben ihm eine Hütte in einem Dorf eine Wegstunde von hier eingerichtet. Sandwerder heißt es, und natürlich gilt dort das Zunftrecht nicht..."

Die Besucherin lachte leise. „Die List könnte von mir sein", bemerkte sie mit funkelnden Augen.

„Und unser neuer Meister von Sandwerder hat auch schon ganz vielversprechende Glasproben hergestellt. Noch nicht perfekt, aber wir sind auf einem guten Weg." Die ältere Frau lächelte.

„Merkwürdig, wie unterschiedlich unsere Arbeit ist", bemerkte Q'Kara leise. Dabei sind wir beide doch Lehrerinnen."

„Du darfst das nicht zu wörtlich nehmen", erklärte die Ziehmutter, die nun ganz in ihrem Element war.

„Das Wort ‚Lehrer' bezeichnet nur die Kaste, der wir angehören", führte sie aus, „die eigentliche Bedeutung müsste aber sein ‚Die, die anleiten' oder so in der Art. Du leitest auf einer Mission zu den Grenzen Deine Krieger an. Ich leite Glasmacher, Schmiede und noch ein paar andere an, damit sie bessere Waren herstellen, die wir für unser Großes Werk brauchen."

„Und ich beschütze mit den Kriegern das vom Großen Werk, was wir schon aufgebaut haben."

„Ganz genau." Die Gedanken der Gastgeberin waren schon weiter geeilt. „Genauso ist das mit den Lehnsherren. Auch nur der Name einer Kaste. Ich meine, die sind ja keine Adeligen, die von einem König oder Kaiser ein Stück Land übertragen bekommen. Sie sind eigentlich nur Verwalter", dozierte die Frau, die sich sichtlich in ihrem Element befand. „Und da es schon

144

bald weniger, aber dafür größere Lehen geben wird, aber auch mehr Krieger, die zu Lehnsherren aufsteigen, wird man eine andere Beschäftigung für sie finden als auf einem Hof den Bauern bei der Arbeit zuzusehen."

„Was müssen Lehnsherren denn dann machen?", wollte die Lehrerin wissen.

„Verwaltung", sagte Q'Andra. „Im Moment machen das noch die Ältesten selbst, aber es wird immer mehr, was da zusammenkommt. Zahlungen von den reichen Bürgern, die sich von der Milchfron freikaufen, Anteile an Handwerksbetrieben und Zünften, die durch unsere Hilfe bessere Waren verkaufen, der Torzoll, weil wir ja die Stadtmauer gebaut haben, Straßenzoll, Standgebühren der Händler auf dem Marktplatz, Geld aus dem Verkauf von überzähligem Getreide und Vieh und nicht zuletzt Steinen aus den Steinbrüchen… es kommt eine Menge zusammen. Und es wird immer mehr. Es braucht Leute, die sich jeder nur mit einem Teilbereich davon beschäftigen und Buch führen. Sonst haben Betrüger bald leichtes Spiel mit uns."

„Du willst mir also sagen, wir alle sind reich?"

„In einer gewissen Weise schon. Allerdings wissen wir beide ja, dass uns Geld nicht viel bedeutet."

„Nun, es hilft manchmal, weit gesteckten Zielen näherzukommen", schloß Q'Kara. „Zum Glück bin ich keine Räuberin mehr. Sonst würde mich dieses Wissen nicht mehr schlafen lassen."

Die ältere Lehrerin lächelte wissend. „Stehlen kann niemand von uns", rief sie ihrer Besucherin ins Gedächtnis. „Das Virus hat uns die Habgier für immer genommen."

„Ja, das hat es." Die jüngere Frau stellte es kühl fest. „Und ich glaube, das ist gut so."

Sie erhob sich von dem Höckerchen und stellte den leeren Milchkrug auf den kleinen Tisch.

„Besuch mich mal wieder, Kind", grüßte Q'Andra zum Abschied.

*

Das dritte Gespräch, an das Q'Kara sich erinnerte, fand natürlich mit ihrer Liebsten statt.

Die beiden Frauen standen auf ihrem Aussichtsplatz auf dem Dach der Empore und genossen die klare Spätsommernacht. Die Sterne glitzerten hell, und der abnehmende Mond war schon aufgegangen.

„Hast Du nicht Dienst im Lazarett?", wollte die Anführerin der Krieger wissen.

„Ich habe getauscht, und Q'Sjofn weiß ja auch, das wir gerne etwas Zeit für uns hätten und drückt ein Auge zu", erwiderte Q'Maja. „Außerdem ist sie sehr glücklich, dass alle heil zurück sind und zumindest einige der Liegen dort leer bleiben werden."

„Was hast Du so gemacht, während ich die Westländer überlistet habe?", fragte die Lehrerin. „Ich habe ja nun lang und breit allen von meinem kleinen Abenteuer an der Alten Brücke erzählt. Mir tut der Mund schon beinahe weh. Aber wie ist es eigentlich Dir ergangen?"

Die Novizin lächelte und erklärte: „Unspektakulär. Ich habe im Lazarett die Eimerchen ausgeleert und kalte Umschläge gewechselt. Oder mal eine Decke, einmal sogar auch den Inhalt eines der Strohsäcke."

„Die kleinen, unbeachteten Heldentaten des Alltages also", neckte die Freundin sie.

„Aber ich war auch oft allein hier oben, am Morgen oder Abend", erzählte die Jüngere weiter, „um an Dich zu denken. Und irgendwann fiel mir auf, wie schön die Sterne doch sind."

„Ich dachte, das wusstest Du schon", erwiderte Q'Kara verwundert.

„Woher denn?", fragte Q'Maja kokett. „Ich habe mein Leben bisher auf einem Hof verbracht", stellte sie fest. „Das bedeutet, noch vor der Sonne aufzustehen, und dann ist man den ganzen Tag mit Arbeit beschäftigt, weil so viel zu tun ist. Wenn es dunkel wird, ist man so müde davon, dass man sofort einschläft. Da bleibt nicht viel Freizeit, um sich müßig an der Schönheit ringsum zu erfreuen."

„Ja, das stimmt wohl", erwiderte die Lehrerin, die die andere Frau schon seit dieser Zeit kannte, und es klang ein klein wenig wie ein schlechtes Gewissen.

Die ehemalige Bäuerin überhörte es. „Weißt Du, ich habe hier oben die Sterne betrachtet, und da hat sich das Wissen, das mir das Virus gebracht hat, geregt."

Sie machte eine Pause, und ihre Geliebte spürte, dass etwas daran sie sehr berührt haben musste.

„Es sind Sonnen, nicht wahr?", sagte die Frau leise, und ihre Stimme verriet noch immer Ehrfurcht bei dem Gedanken. „Sonnen, so groß und hell wie unsere Sonne, nur unvorstellbar weit weg. Deswegen sehen wir sie nur als winzige Punkte. Die Welt ist so viel gewaltiger, als ich mir je vorstellen konnte."

Q'Kara hörte schweigend zu.

„Und wie unsere Sonne haben auch alle diese anderen Sonnen kleine Welten, die um sie kreisen. So wie unsere Welt hier um unsere Sonne kreist. Auf manchen davon leben sogar andere Menschen. Oder Elfen."

Q'Maja blickte auf, und ihre Gefährtin bemerkte, dass die Augen der Liebsten feucht waren von der Wucht der Erkenntnis.

„Ja", antwortete sie leise und nahm die Hand der Freundin.

„Alles, was ich bisher gekannt habe, ist so winzig", erzählte die weiter. „Nur ein Staubkorn, ein Nichts in etwas, das Unendlich ist. Selbst die Götter sind klein davor."

„Dann hast Du keine Angst mehr vor dem, was Du den Vortex nennst?", fragte die Lehrerin und nahm ihre Liebste sanft in die Arme.

„Ich ahne, dass es kein Strudel sein kann, der diese Welt einst verschlucken wird.", antwortete die Jüngere. „Es wäre ja auch bedeutungslos angesichts der vielen anderen Welten um uns herum. Nur bin ich im Moment noch so sehr damit beschäftigt, diese erhabene Unendlichkeit um uns herum nicht begreifen zu können, als dass ich mich der Vermutung einer noch weit größeren Unendlichkeit dahinter widmen kann."

„Mein Schatz, Du bist ja eine Philosophin", erwiderte die Anführerin der Krieger. Sie sah der Gefährtin in die Augen, und ihre Stimme wurde belegt. „Weißt du, wenn ich es nicht schon längst wäre, würde ich mich in genau diesem Moment unsterblich in Dich verlieben", erklärte sie leise.

Die Angesprochene lächelte erfreut und flüsterte: „Ich weiß. Und weißt Du, was ich jetzt möchte? Einen Kuss."

„Na, das ist doch kein Problem", sagte Q'Kara und drückte ihrer Liebsten die Lippen zart auf die Stirn.

„Nein. Nicht so. Einen richtigen, auf den Mund."

In diesem Moment wurde die Heldin der Auseinandersetzung um die Alte Brücke schüchtern. Aber die Novizin war es nicht. Und so gaben sich die beiden Qash den ersten richtigen Kuss in ihrer Zeit miteinander.

Etwas später, sie standen noch immer einander umarmend auf dem Dach der Empore, fragte Q'Maja ihre Gefährtin leise: „Du hast all das gewusst. Warum hast Du es mir nicht früher schon erzählt?"

„Mein Schatz, ich hatte einfach Sorge, dass Dir die Flut all dieses Unglaublichen, das es früher für Dich war, Angst gemacht hätte. Du warst nicht dumm, aber Du kanntest eben nur den Hof. Niemand hat Dir jemals etwas anderes beigebracht."

Die ältere Frau drückte ihre Liebste an sich. „Und außerdem wollte ich Dir die Freude an der Erkenntnis nicht verderben, die Du ja jetzt hattest. Deshalb werde ich Dir auch weiterhin nichts erzählen, was Du aus dem Wissensschatz selbst herausfinden kannst. Da ist noch viel, viel mehr."

„Mein Schatz, mein Leben", erwiderte die Jüngere. „Und jetzt würde ich mich auf der Stelle verlieben, wenn ich es nicht schon längst wäre."

Sie küssten einander ein zweites Mal.

Graduation

Der Tag, an dem Q'Maja keine Novizin mehr sein würde, war gekommen. In der letzten Zeit hatten schon einige andere Qash das Quartier der Novizen verlassen, um Krieger zu werden. Heute war sie an der Reihe.

Die Prüfung an sich war nicht schwer. Die Novizen hatten nur zu beweisen, dass ihre Klauen ausgewachsen waren und dazu taugten, Beutetiere zu betäuben (oder auch feindliche Wachen, wie man seit kurzem wusste). Es wurde gemunkelt, dass die Prüflinge früher eine lebendige Kuh mit den Klauen treffen, und wenn diese daraufhin schlafend da lag, Milch aus ihrem Euter trinken mussten. Das war heutzutage nicht mehr üblich. Ein Tuch wurde in der großen Halle zwischen zwei Säulen aufgespannt, und es reichte, mit jeder der beiden Klauen einmal einen langen Schnitt hinein zu reißen. Die anwesenden Krieger bezeugten dann, dass etwas von dem Betäubungsgift den Schnitten anhaftete, und damit war man kein Novize mehr.

Als die Frau die Wendeltreppe verließ, sah sie, dass eine ganze Gruppe Novizen und Krieger noch damit beschäftigt waren, das Tuch aufzuhängen. Auch ihre Elter war noch nicht da, also musste auch sie noch warten.

Q'Sori, die erst vor wenigen Tagen ebenfalls das Noviziat abgelegt hatte, erspähte sie und winkte, um danach mit vielsagendem Grinsen eine große Schere hoch zu halten. Auch das war ein Brauch, der dazugehörte. Qash waren ein Völkchen, das sehr an seinen überlieferten Bräuchen hing. Falls diese nicht unpraktikabel wurden, weil man für die ganze Schar der Prüflinge, die es in diesen Tagen gab, nicht genug Kühe in das Refugium hätte treiben können.

Q'Maja wurde langsam etwas nervös. Wo Mama bloß blieb? Sie klappte unbewußt die Klauen aus und drückte sie nacheinander ganz nach vorne, um sicherzugehen, dass dort nichts mehr schmerzte. Es war selbst mit diesen scharfen Hornklingen nicht so ganz einfach, ein gewebtes Tuch aufzuschlitzen.

Auch Q'Jonu entdeckte sie nun. Mehrere von den frischgebackenen Kriegern, die noch vor kurzem mit ihr die Kammer der Novizen unter dem Dach der Haupthalle geteilt hatten, winkten sie zu sich.

„Na los", rief jemand. „Nicht so schüchtern."

Also gab die Novizin sich einen Ruck und ging zu ihnen. „Die Herrin Q'Mora ist noch nicht da", erklärte sie, „und ohne die können wir nicht anfangen."

„Sei nicht nervös", erwiderte Q'Sori. „Du schaffst das."

Die Frau grinste und zeigte nochmals kurz die Schere.

Q'Kara traf ein und stellte sich zu den anderen. Ihr Lächeln wirkte beruhigend auf die Kandidatin.

„So, da bin ich", sagte die Älteste, die von hinten an ihre Ziehtochter herangetreten war. „Sind alle da?"

„Sieht so aus", sagte Q'Maja und sah ihre Liebste an, die ihr zuzwinkerte.

„Na gut", stellte die hochgestellte Frau fest. „Dann wollen wir mal sehen, ob diese junge Novizin hier, deren Elter ich bin, den letzten Schritt auf dem Weg zu einem Qash im Vollbesitz aller Kräfte gemacht hat." Sie sah ihren Schützling stolz an. „Tritt vor, Kind, und zeige uns, was Du kannst."

Die Angesprochene atmete tief durch und machte einen Schritt vor das gespannte Tuch. Das Tuscheln und Flüstern unter den Zuschauern erstarb.

Die Novizin lockerte die Handgelenke und hob die Rechte.

Blitzschnell klappte die Klaue aus, und Q'Maja schlug in den gespannten Stoff. Ein hartes Kratzen war zu hören. Hatte es funktioniert?

Erst das Johlen der Anwesenden ließ die Frau aus ihrer Konzentration erwachen, und sie sah vor sich einen Riß in dem Gewebe, der mehr als eine Unterarmlänge maß.

Das war doch ganz leicht, dachte sie. *Noch so einen, und ich habe es geschafft.* Langsam hob sie die linke Faust, konzentrierte sich und schlug ein zweites Mal zu.

Ein Schmerz zuckte durch das Handgelenk, der ihr zeigte, dass sie leichtsinnig geworden war und nicht darauf geachtet hatte, die Klaue auch wirklich ganz auszuklappen.

Der Jubel der Zuschauer verriet ihr, dass es auch diesmal geklappt hatte. Schon traten mehrere Krieger an das aufgerissene Ziel, um zu überprüfen, ob ihr Gift an den Stoffrändern zu finden war. Sie nickten schnell zufrieden, und Mama, die Liebste und die Freunde aus den Tagen als Novizen umrundeten sie, um zu gratulieren.

„So, jetzt bist Du fällig", erklang eine Stimme zwischen den aufgeregten Gratulanten. Es war natürlich Q'Sori, die schon mit der Schere klapperte. „Ab mit den Haaren!"

„Haare ab! Haare ab!", riefen ein paar aus der Menge. Gehorsam zog Q'Maja ihren langen Schopf aus der Kapuze des Umhanges, und die Freundin nahm Maß mit dem Schneidgerät.

„Was meint ihr, hier?", fragte sie die Umstehenden.

„Nein, da ist noch etwas Braunes an der Seite", erklärte jemand.

„Das dürfen wir natürlich nicht zulassen", erklärte die selbsternannte Friseurin und korrigierte den Sitz der großen Schere. „Und ab!"

Mit einem schrecklichen metallischen Geräusch schlossen sich die Schneiden, und Q'Sori hob den abgetrennten Haarschopf wie eine Trophäe in die Luft.

Q'Mora versuchte, sich Gehör zu verschaffen. „Mein Kind", sagte sie, und die lauten Rufe der Menge verstummten. „Du hast jetzt den letzten Rest von dem verloren, was Dich einst als Menschen ausgewiesen hat. Ab heute bist Du eine vollwertige Qash und gehörst ab sofort der Kaste der Krieger an."

Die Älteste nestelte an ihrem Umhang herum und zog schließlich einen langen Gegenstand hervor.

„Und als Kriegerin solltest Du ein Schwert tragen", erklärte die ältere Frau, „daher nimm heute von mir als Deiner Elter diese Klinge an."

Q'Maja sah das Geschenk an und keuchte. „Aber Ma-, ich meine Herrin, das ist zuviel der Ehre. Ich bin nicht würdig, eine so wertvolle Waffe zu tragen."

Jetzt blickten auch andere Anwesende, besonders Krieger, nach der Gabe.

Die Klinge war an der Scheide und im Bereich der Parierstange mit feinen goldenen Ornamenten beschlagen. Nicht aufdringlich, sondern dezent, so wie es einer Edeldame zukam.

„Q'Kara, hilfst Du ihr bitte, es anzulegen?", wies die Älteste die Lehrerin an.

„Sehr gerne", erwiderte die nahm die Scheide entgegen und kniete sich vor die Freundin.

„Kannst Du bitte den Umhang links zurückschlagen", flüsterte sie ihrer Liebsten zu. Die gehorchte stumm.

Mit geübten Griffen, wie es sich für eine Anführerin von Kriegern gehörte, befestigte die Frau das Schwertgehänge am Gürtel der frisch gebackenen Kriegerin.

„So, das war's", erklärte sie und erhob sich, während die stolze Mama ihr Kind in Augenschein nahm und zufrieden nickte. Die Zuschauer applaudierten, und Q'Maja bekam noch einmal Glückwünsche und Umarmungen von allen.

Etwas später war die kleine, spontane Feier vorbei (zwei der Krieger hatten Milchkrüge für alle aus der Krypta geholt), die Gäste verliefen sich zu ihren üblichen Aufgaben, und Q'Kara und ihre Liebste blieben allein zurück.

„Hast Du es gewußt?", fragte die und sah ihre Freundin geradeheraus an. „Das mit dem Schwert."

„Ich? Nein", erklärte die Lehrerin. „Ich hatte eigentlich vor, mit Dir zusammen eins in der Zeugkammer auszusuchen. Zieh es doch mal", bat sie.

Die junge Kriegerin mühte sich etwas ab, um das lange Stück Stahl aus der Scheide zu bekommen.

„Keine Sorge, das üben wir noch", bemerkte ihre Gefährtin. „Darf ich mal sehen?"

Das Metall des Schwertes war wunderschön gearbeitet. Die schmale Klinge bestand aus vielfach gefaltetem Stahl, der immer wieder miteinander verschweißt und ausgehämmert worden war, bis das Bild der Schichten der Maserung von metallischem Holz glich.

„Wunderbar", flüsterte die erfahrene Kämpferin. „Darf ich es mal ausprobieren?"

„Na, wer, wenn nicht Du", erwiderte die Kriegerin.

Q'Kara nahm die Waffe, balancierte sie in der Hand und schwang sie ein paar Mal zur Probe durch die Luft.

„Das ist gut", stellte sie schließlich fest. „Liegt gut in der Hand, ist relativ leicht und gut ausgewogen. Das ist das Werk eines Meisters. Ein Besseres hätten wir hier nicht finden können."

Mit diesen Worten überreichte sie der Geliebten die Klinge wieder.

„Das hätte sie nicht tun sollen", sagte Q'Maja, als sie das lange Gerät wieder sicher in der Scheide verstaut hatte. „Das ist zu gut für mich."

„Nein, ist es nicht. Du wirst leichter lernen, es zu handhaben", erwiderte ihre Liebste. Eine Pause entstand.

„Kurze Haare stehen Dir, mein Schatz, weißt Du das eigentlich", bemerkte die Lehrerin schließlich, und ihre Blicke musterten die Frau, der ihr Herz gehörte. „Bleib einen Augenblick so stehen, bitte."

Es war das Bild einer jungen Edeldame der Herrscher dieses Landes, in schwarzer Kutte, die blasse Hand am Schwertknauf, und der kluge Blick aus dem weiß umrahmten Gesicht musterte die Betrachterin kritisch.

„Ich möchte diesen Augenblick in mich aufnehmen", erklärte Q'Kara leise. „Damit ich mich für immer daran erinnern kann. Was für ein Unterschied. Noch vor einem Jahr standest Du mit der Mistgabel in der Hand im schlammigen Hof, und jetzt bist Du eine gebildete Edle dieses Landes. So ein Unterschied. Wenn ich es nicht miterlebt hätte, würde ich es nicht glauben." Die Kriegerin senkte leicht den Kopf, und es erschien etwas Rosa vor Scham auf ihren hellen Wangen.

„Was für ein Anblick." Ihre Liebste war noch immer völlig bezaubert. „Du bist so schön."

„Vielleicht kann ich einem der Meister, die malen, Modell stehen für Dich", schlug Q'Maja vorsichtig vor.

„Das dürfen wir nicht", erklärte die Andere entschuldigend. „Kunstwerke wie solche Bilder überdauern oft die Jahrhunderte. In ferner Zukunft könnten wissbegierige Menschen sie untersuchen und womöglich etwas über uns herausfinden. Wir dürfen keine Spuren hinterlassen, wenn wir von diesem Ort weggehen."

„Schade", antwortete die Jüngere. „Sollen wir noch nach oben?"

„Zu mir?"

„Auf das Dach der Empore."

„Wann, wenn nicht heute", erwiderte ihre Freundin.

*

Jemand hatte die Zeremonie, bei der die Novizin zur Kriegerin befördert worden war, inkognito beobachtet. Es war nicht ungewöhnlich, dass Älteste dies taten. Einige von ihnen benutzten den Wandelgang, der im Osten um die Haupthalle herum führte auch, um ihre Gedanken bei einem langsamen Spaziergang unter den seitlichen Gewölben zu ordnen. Trugen sie dabei hier innerhalb des Gebäudes die Kapuze, so bedeutete es für gewöhnlich, dass sie nicht gestört zu werden wünschten.

Die einzige davon Ausnahme bildete Q'Thrandil, der in der Regel gefolgt von einer ganzen Gruppe jüngerer Qash lebhaft diskutierte, während sie gemeinsam zwischen den Säulen wandelten.

Im Moment war es der Ahnherr Q'Etu, der die erfolgreiche Prüfung Q'Majas von einer Position halb hinter einer Säule aus der Ferne verfolgt hatte. Als der traditionelle Teil der Veranstaltung in ein geselliges Beisammensein überging, kamen zwei junge Krieger auf dem Weg zu den Milchvorräten in der Krypta dicht an ihm vorbei, ohne den Ersten der Ältesten zu bemerken. Dieser bekam allerdings die Unterhaltung der beiden Jüngeren sehr deutlich mit.

„Ist nicht wahr! Die sind nur hierher gekommen, um unser Refugium zu sehen?", fragte die Frau ungläubig. Es war Q'Sori.

„Ja, ganz weit aus dem Süden. Sie sagten, sie seien Pilger und wollten den großen Tempel, der hier gebaut wird, mit eigenen Augen sehen", erzählte Q'Jonu. „Als sie mich bemerkt haben, fragte einer von ihnen mich, ob wir ein Mönchsorden sind."

„Ein *was*?"

„Ein Mönchsorden. Ich habe natürlich gefragt, was ein Mönch ist, und sie haben mir erklärt, dass Mönche in freiwilliger Armut und Enthaltsamkeit leben, um sich ganz dem Dienst an ihrer Gottheit zu widmen", setzte der junge Mann seine Erzählung fort. „Und sie tragen so ähnliche Kutten wie wir."

„Enthaltsamkeit... na, eher Desinteresse. Aber das und ein einfaches Leben, na gut, das stimmt schon", erwiderte die Kriegerin. „Aber Götter gibt es doch gar nicht. Sie sind doch nur Archetypen oder Vorbilder, wie ein idealer Mensch sein sollte."

„Ehrlich gesagt dienen wir ja schon einer bestimmten Sache", sagte Q'Jonu nachdenklich. „Nämlich dem Großen Werk. Das machen wir natürlich für das Virus. In gewisser Weise könnte man, falls man zufällig einmal zuviel vergorene Milch getrunken hat, auf die Idee kommen, dass das Virus unser Gott ist."

„Was?" Q'Sori begann zu lachen.

Die Beiden blieben mitten in der Halle stehen, und der Krieger reckte die Hände in Richtung des hohen Gewölbes. Mit gespielter Blödheit im Gesicht glotzte er nach oben und begann, mit wimmernder Stimme ein Gebet zu imitierten.

„Oh mächtiges Q-Virus, allwissend und heilbringend für uns unwürdige Qash, ich bitte Dich, gewähre mir Deine Gnade. Bitte mach, dass ich morgen nicht mehr Wache halten muss."

„Hör auf", flehte die Frau, die sich inzwischen vor Lachen krümmte und den Bauch hielt. „Ich krieg' keine Luft mehr!"

„Na, ist doch wahr. So etwas machen wir doch nicht", erwiderte der Mann. Aber er stimmte in das anhaltende Lachen seiner Gefährtin ein.

Als beide wieder zu Atem kamen, bemerkte Q'Sori: „Die Milch! Komm, wir sollten uns nicht mit so einem Unsinn aufhalten. Die anderen warten."

„Ach, naja. Aber lustig war es doch, oder?"

Und sie liefen schnell zum Eingang der Krypta.

Der Ahnherr fand den Gedanken allerdings nicht vollkommen unsinnig, sondern entdeckte eine interessante Nuance darin. Nachdenklich ging er mit lautlosen Schritten im Schatten des Wandelganges zu seinem Gemach zurück.

*

Q'Bea kämpfte innerlich noch immer mit sich selbst. Sie wusste, sie sollte sich ihrem Elter offenbaren, fürchtete aber gleichzeitig die wahrscheinliche Strafe für ihre Missetat.

Am Anfang hatte sie wirklich spioniert. Qash waren arglos wie Kinder, hatte sie gefunden. Es war so einfach, sich aus der Kammer der Novizen am Tag, wenn alle schliefen, fortzuschleichen und durch den Dachstuhl zu einer der Wendeltreppen am anderen Ende des Daches zu klettern. Dank der besser werdenden körperlichen Fähigkeiten gelang ihr das schon bald schnell und lautlos.

Die sonst selten benutze Treppe führte zu einem unbewohnten Teil der Empore, von dem aus man einen guten Blick in die privaten Nischen der Lehnsherren und Lehrer gegenüber hatte.

Die Spionin hatte dies unbemerkt getan. Das Ergebnis war niederschmetternd für sie gewesen. Qash hatten keine heimlichen Liebschaften. Keine schlüpfrigen, verbotenen oder unanständigen Gelüste, die man gegen sie verwenden konnte. Es gab nichts zu sehen.

Das höchste der Gefühle waren verschämte Küsse, die sich Q'Kara und Q'Maja und andere Paare gaben. Aber unter der Decke geschah – nichts, selbst wenn sie denn einmal auf dem gleichen Lager nebeneinander schliefen. Ihr Vater würde nicht erfreut sein, wenn sie mit so leeren Händen zurück kam. Und auf die versprochene Belohnung brauchte man selbstverständlich auch nicht mehr hoffen.

Die Qash waren einfach sie selbst. Sie gaben nichts vor, was sie nicht waren.

Was der Vater wollte, interessierte die Frau inzwischen schon lange nicht mehr. Das „hässliche kleine Tier", wie sie ihr inneres, gieriges Ich nannte, hatte sie in ihren Gedanken in einen moderigen Kerker mit dicken rostigen Eisengittern verbannt, wo es ihrethalben verrecken konnte.

Ich wollte keinem Mann untertan sein, dachte sie. *Hier bin ich das aber auch nicht. Und mein Elter ist so viel netter als mein Menschenvater.*

Mit einiger Bestürzung erkannte Q'Bea, dass sie von sich selbst nicht mehr als Mensch dachte. Nachdenklich betrachtete sie ihre weißen Hände. Sie *war* eine Qash. Oder?

Immerhin konnte sie sich nicht daran erinnern, jemals eine öffentliche Bestrafung von anderen Novizen erlebt zu haben. Die Strafen (die es sicher gab) mussten im Stillen verhängt werden.

Bei weiterem Nachdenken fiel ihr aber auch niemand ein, der in der gesamten Zeit, die sie hier verbracht hatte, einfach spurlos verschwunden war. Tod oder Verbannung konnten also nicht allzu häufig verhängt werden. Allerdings, wie viele Spione außer ihr konnte es hier schon noch geben?

Als die Novizin von ihrem Beobachtungsplatz aus die Beförderung von Q'Maja mitbekam, spürte sie den starken Wunsch, auch so wie die anderen dazu zu gehören. Die Klauen wuchsen bereits, das konnte die junge Frau in den Hautfalten an den Handgelenken spüren. Würden die anderen sie in ihre Mitte aufnehmen, wenn sie wussten, dass sie spioniert hatte? *Je länger ich warte, desto schlimmer mache ich es,* dachte sie. *Es muss sein, ich werde mich stellen.*

„Ach Q'Bea, das ist ja nett, dass Du mich armen alten Krieger besuchen kommst", sagte ihr Elter, als sie vor dem Quartier der Krieger nach ihm fragte. Er runzelte die Stirn und betrachtete sie genauer. „Du siehst sehr betrübt aus, mein Kind. Warte kurz, ich ziehe mir nur etwas mehr an, dann können wir in einer stillen Ecke ungestört reden."

„Ja, Papa", antwortete die Novizin, die sich so klein und hilflos fühlte wie noch nie in ihrem Leben.

Als die Beiden in Richtung der provisorischen Mauer in der großen Halle schritten, die den Ostflügel von der Baustelle trennte, liefen der ehemaligen Patriziertochter die Tränen herunter.

„Na, was ist denn nur Schlimmes", fragte ihr Ziehvater sanft.

„Ich hab' gelogen", presste die Frau heraus. „Ich habe euch alle betrogen und belogen", schluchzte sie. „Ich wollte nicht zu euch gehören. Ich bin von meinem Menschenvater hergeschickt worden, um zu spionieren."

Jetzt war es heraus. In diesem Moment starb das hässliche kleine Tier einsam in seinem Kerker.

Zu Q'Beas Überraschung war ihr Elter nicht erzürnt, sondern lächelte nur. „Es funktioniert nicht, oder?", fragte er und legte ihr tröstend die Hand auf die Schulter. „Weißt Du, Du bist nicht die Einzige, die es versucht hat und feststellen musste, dass es nicht geht."

„Ihr seid nicht böse, Herr", fragte die tränenblinde Novizin verwundert. „Ich meine, ich wollte euch alle verraten, als ich herkam. Das ist doch schlimm."

„Niemand von uns kann ein Verräter sein", erklärte der Krieger wie selbstverständlich. „Ich habe Dir doch von dem Wissen erzählt, das das Virus uns gibt. Nun, das ist nicht das Einzige", setzte er hinzu.

Der ältere Mann machte eine Pause, in der er ein Tuch aus der Gürteltasche fischte und seinem Ziehkind die Tränen abwischte. „Es gibt uns auch die Motivation, am Großen Werk mitzuarbeiten. Und da Spionage dieser Arbeit sehr schaden würde, bis Du jetzt hier und gestehst freiwillig."

Der Mann verstaute das Tuch wieder umständlich an seinem Gürtel.

„Aber was passiert denn jetzt", wollte Q'Bea wissen. „Werde ich nicht bestraft?"

„Wofür, Kind", stellte der Ziehvater fest. „Dein Plan war in dem Moment zum Scheitern verurteilt, in dem die Saat übertragen wurde. Du *konntest* keinen Schaden anrichten."

Er mustere die junge Frau einen Augenblick und fügte dann noch hinzu: „Allerdings werden wir den Ältesten davon berichten müssen. Keine Angst, ich werde mitkommen, Du musst das nicht allein machen. Der Herr Q'Thrandil ist immer sehr interessiert an diesen Dingen, und er wird Dich bestimmt nicht bestrafen. Aber er könnte eine interessante kleine Aufgabe für Dich haben."

Das Lächeln im Gesicht des Elters stimmte die Novizin vorsichtig hoffnungsfroh.

Konferenz

Im Winter mit seinen langen Nächten fanden traditionell die Beratungen der Ältesten statt. Man tauschte Berichte über das zu Ende gehende Jahr aus, diskutierte Probleme, die noch nicht gelöst waren, und natürlich spielten auch weitergehende Planungen für die kommenden Jahre eine Rolle.

„Der Ahnherr Q'Etu hat mich gebeten, ihn zu vertreten", eröffnete Q'Mora die Versammlung. Sie fand in dem größten Gemach statt, das es im Refugium gab, ganz im Osten in der Mitte der Rundung des Erdgeschosses. Für die Beratungen, die mehrere Tage dauern konnten, hatten die Novizen darin eine lange Tafel mit Sitzgelegenheiten für die Ältesten aufgebaut.

„Falls es jemand von euch sehen möchte, er hat es schriftlich festgehalten", erklärte die Frau weiter, „zusammen mit der Regelung, dass bei Entscheidungen mit Gleichstand der Stimmen meine Stimme den Ausschlag gibt."

Dies war das übliche Vorgehen, wenn der Ahnherr oder einer der Ältesten fehlte, deswegen erhob sich nur ein leise zustimmendes Gemurmel, das schnell wieder verstummte.

„Was hat Q'Etu denn?", meldete sich Q'Aisa zu Wort. „Ist er zu erschöpft? Fehlt ihm etwas?"

„Nein, er geht nur einer längeren Phase der Meditation nach", erklärte die Stellvertreterin. „Der Ahnherr möchte Verbindung mit dem Geist des Virus aufnehmen, falls so etwas existiert und es überhaupt möglich ist. Dafür braucht man Ruhe, Abgeschiedenheit und viel Zeit. Es geht ihm soweit gut, und er lässt euch alle grüßen, bittet aber darum, ihn nicht mit den üblichen Fragen zu stören. Ich werde alle diese Pflichten bis auf Weiteres übernehmen."

„Interessante Frage", murmelte Q'Thrandil. „Ich bin gespannt, ob er Erfolg hat."

„Gut", erklärte Q'Mora und blickte auf die Notizen, die sie auf einem Pergament gemacht hatte. „Laßt uns anfangen. Bitte gebt nacheinander einen kurzen Bericht für dieses Jahr aus eurem jeweiligen Aufgabenbereich ab."

Es folgte der langweilige Teil der Beratungen, der immer zuerst abgearbeitet wurde. Die Gemeinschaft der Qash war noch klein, so dass mehr oder weniger jeder schon das Wichtigste mitbekommen hatte, was über das Jahr passiert war. Die Vorsitzende begann mit dem Rechenschaftsbericht über die Milchlieferungen, die sie überwachte, und sie vergaß auch nicht zu erwähnen, das unter den neu hinzugewonnenen Qash des Jahres eine war, die die überaus seltene Begabung für Telepathie zu haben schien. Q'Yola berichtete über die Getreideernte, die in diesem Jahr wieder nicht so hoch wie erwartet war, was aber durch die erweiterten Anbauflächen ausgeglichen wurde, Q'Rafn rief allen noch einmal die unblutige Rückeroberung der Alten Brücke und die ständigen Störmanover der Lazar im Nordosten in Erinnerung und Q'Aisa fügte hinzu, dass aus den Neuzugängen dieses Jahres in die Kriegerkaste zwei Interesse daran geäußert hatten, als Heiler beziehungsweise Heilerin ausgebildet zu werden.

Mehrere andere Älteste hatten viel darüber zu sagen, wie es um den technischen Fortschritt bei den menschlichen Untertanen stand, der ihnen von der Mehrzahl der Lehrer des Clans nahe gebracht werden sollte, und welche Schwierigkeiten dabei aufgetreten waren. Häufig tauchten in den Berichten die Begriffe „störrische Esel", „Holzköpfe" und „Faulpelze" auf.

Q'Thrandil erzählte vom Fortschritt des Baues der Straßen in die verschiedenen Landesteile und den politischen Spielzügen des menschlichen Bürgermeisters von Nadan und der wichtigsten Patrizier, die einen Sitz im Rat der Stadt hatten.

„Wir können später noch im Detail darüber sprechen", beendete er seine Ausführungen, „aber es wird euch alle sicher interessieren, dass einer von ihnen versucht hat, einen Spion bei uns einzuschleusen."

Q'Rafn lachte leise.

„Ihr wißt natürlich, was das bedeutet", setzte der Redner launig hinzu. „Die junge Frau, inzwischen ganz Qash wie wir, hat ihren Irrtum natürlich erkannt und scheint nicht abgeneigt, den Spieß umzudrehen und in ihrem vormaligen menschlichen Elternhaus etwas *für uns* zu spionieren."

Mehrere der Anwesenden zeigten ein zufriedenes Grinsen.

Q'Rafn merkte süffisant an: „Ich bin sicher, dass die betreffende Person einiges über die Assassinenkünste erfahren möchte, die unsere Q'Sini so trefflich beherrscht."

„Ich werde es ihr vorschlagen", erwiderte Q'Thrandil, und man bemerkte, wie sehr im der Gedanke Vergnügen bereitete.

„Ich denke, wir alle haben uns in den vergangenen Stunden einen trockenen Mund geredet und deshalb eine Pause verdient", erklärte die Stellvertreterin des abwesenden Ahnherrn.

Sie nickte der Novizin zu, die die ganze Zeit still und geduldig neben der Tür des großen Gemaches gewartet hatte. „Q'Pini, bringt jetzt bitte die Milchkrüge für alle", wies sie die junge Frau an.

*

Bis zum Morgengrauen saßen die Teilnehmer der Beratungen in kleinen Gruppen zusammen, um Probleme und ihre Lösung zu besprechen.

Q'Rafn und Q'Thrandil besetzten zusammen eine Ecke der Tafel, um über die Verteidigung des Landes Nedellon und seiner Bewohner Gedanken auszutauschen.

„Hat die Idee mit der Festung an dem Zusammenfluss von Nede und dem großen Strom eigentlich Früchte getragen", wollte der Befehlshaber der Krieger wissen.

„Oh ja", stellte der andere Älteste fest. „Die menschlichen Baumeister waren ganz wild darauf, ihre Kunst unter Beweis zu stellen. Sie haben den Herbst über gearbeitet, als wenn ihr Leben davon abhinge, und ungefähr 2000 Eichenstämme in den Boden der Landzunge gerammt. Als sie damit fertig waren, standen die Steine für die erste Packung darauf schon bereit. Soweit ich weiß, hat dieses Fundament das Herbsthochwasser überstanden. Der Eisgang auf dem Strom steht noch aus, ich bin da aber zuversichtlich."

Der Kommandeur nickte beeindruckt. „Solltest Du Krieger zur Bewachung brauchen, lass es mich wissen", erklärte er.

„Im Moment kampieren ein paar der Büttel der Stadtwache gut sichtbar auf der trockenen Plattform. Ist sicher kalt und zugig im Winter, solange da noch kein festes Gebäude drauf steht", bemerkte Q'Thrandil. Mit zwei Fingern rieb er sein linkes spitzes Ohr, als jucke ihn dort etwas. „Der Rat der Stadt war da überaus hilfsbereit und hatte auch gleich einen Namen für die neue Ansiedlung. Nedemünde heißt die Baustelle jetzt. Und das Ratsbanner haben sie dort natürlich auch sofort gehisst."

„Die versprechen sich natürlich Einkünfte davon", mutmaßte Q'Rafn. „Na, sollen sie. Wir bekommen unseren Anteil."

„Natürlich."

In einer anderen Gruppe saßen Q'Mora, Q'Aisa und Q'Yola zusammen und redeten darüber, wie die Milchproduktion auf den Höfen der Untertanen gesteigert werden konnte.

„Die Menschen haben jetzt mehr zu essen und fühlen sich sicher", erklärte die Älteste, die die Kornvorräte verwaltete. „Sie haben in den letzten Jahrzehnten nicht hungern müssen und vermehren sich jetzt langsam. Aber es sind noch nicht genug."

„Dort, wo es möglich ist, sollten sie ruhig noch ein paar Kühe mehr auf ihre Weiden stellen", antwortete die Heilerin-Älteste. „Wir könnten das auch begründen, indem wir ihnen sagen, dass sie so ihren Dank zeigen können."

„Ja, vielleicht geht das. Nur leider nicht so, wie wir es letztes Jahr geplant haben."

Sie wandte sich an die Leiterin der Versammlung. „Was meinst Du? Milch ist eigentlich Dein Bereich", stellte Q'Yola fest.

Die Angesprochene nickte. „Wir werden es dort anordnen, wo es geht. Wir sollten die Menschen aber nicht überfordern", sagte sie.

Nach einer Pause setzte sie hinzu: „Wißt ihr, die Milch kümmert mich im Moment überhaupt nicht. Ich habe vor ein paar Wochen telepathischen Kontakt zu einem unserer Schwesterclans bekommen. Es steht nicht gut dort."

„Was ist geschehen?", fragte Q'Aisa voller Mitgefühl.

„Nun, die Welt, auf der sie gelandet sind, war schon weiter fortgeschritten in ihrer Entwicklung als diese hier", erzählte die Stellvertreterin des Ahnherrn. „Die Menschen dort hatten schon selbst Erfindungen in Baukunst und den Handwerkszünften gemacht. Sie waren spät dran."

„Und?", wollte Q'Yola wissen.

„Es beginnen Machtkämpfe in dem Land, mit dem sie den Vertrag gemacht haben. Es gibt starke Fürsten dort, die darum kämpfen, wer König wird. Unsere Verwandten sind dort nicht die unumstrittenen Herrscher. Und ihnen wurde schon angekündigt, dass die Anerkennung des neuen Königs durch den Mondstaub-Clan erwartet wird."

„Hm. Das ist dem Großen Werk nicht förderlich", stellte die Heilerin fest. „Streit bringt immer Zerstörung und Verunsicherung mit sich. In solchen Zeiten denken Menschen zuerst an sich selbst."

„Das wissen unsere Brüder und Schwestern dort auch. Deshalb machen sie sich ja Sorgen", erklärte Q'Mora. „Sie haben den Bau ihres Refugiums vorerst eingestellt."

„Au", entfuhr es Q'Aisa, die das Gesicht verzog. „Wo ist der Mondstaub-Clan denn eigentlich gelandet?"

„Den Stern des Systems kann man von hier aus sehen. Die Sternkundigen dieser Welt nennen ihn Zeta Regina oder ‚Die Hand der Königin'. Der vierte Planet in dem System ist bewohnbar und von Menschen und ein paar Elfen besiedelt", berichtete die Versammlungsleiterin. „Und seit etwa hundert Jahren natürlich dem Mondstaub-Clan."

„Sollen wir es den anderen berichten?", wollte Q'Yola wissen.

„Geheimniskrämerei liegt uns doch gar nicht", bemerkte die Telepathin. „Wir sollten es nur vielleicht nicht zu einem besonderen Thema machen. Wir haben Kontakt zu Anderen unserer Art, und bei ihnen läuft es nicht so gut. Helfen können wir ihnen ja ohnehin nicht. Es wird noch ein paar hundert Jahre dauern, bis wir soweit sind", stellte sie fest.

„Stimmt schon." Q'Aisa war etwas betrübt. „Aber traurig ist es trotzdem, dass sie es vielleicht nicht schaffen werden."

„So ist das nun mal. Die Chance für eine Kapsel, die auf einer neuen Welt landet, ist nun mal nur ungefähr Eins zu Vier. Wir wissen das doch alle." Q'Mora war jetzt wieder die rationale, intellektuell überlegene Älteste. „Wir haben hier einfach Glück gehabt."

„Wenn nicht noch andere kommen und uns die Suppe versalzen wollen. Wir haben ja noch andere Feinde als Menschen, die uns nicht als Herrscher haben wollen."

„Das möge uns erspart bleiben", schloß Q'Mora die Unterhaltung.

*

Am nächsten Abend trafen sich alle wieder in dem Versammlungsgemach, die in der Nacht zuvor teilweise bis weit nach dem Sonnenaufgang diskutiert hatten.

Die Vorsitzende des Treffens ließ den Blick über die Tafel schweifen.

„Gut", sagte sie, „da nun alle wieder da sind, können wir fortfahren. Über die noch ungelösten Probleme wird in der zweiten Hälfte der Nacht noch Zeit sein, zu sprechen, und bei Bedarf auch morgen. Zuerst wollen wir von einem geplanten Projekt hören, das uns Q'Thrandil vorstellen wird."

Die Älteste nickte ihrem Gefährten zu und bemerkte: „Schatz, Du hast das Wort."

„Vielen Dank, Vorsitzende", antwortete der ehemalige Elf weit förmlicher. „Es geht um die Kolonisierung eines Gebietes, das eine kleine Gruppe meiner Helfer und ich begonnen haben, als ‚Nordmark' zu bezeichnen. Gemeint damit ist das unbesiedelte

Land, das nördlich der Buckelberge bis zum Rand der hohen Felsenberge weiter im Norden reicht. Der Wald beginnt im Westen an der Schlucht des großen Stroms und reicht fast bis zur Steppe im Nordosten, wo er langsam in Buschland übergeht."

„Das ist ein großes Gebiet", warf einer der Teilnehmer ein.

„Ja, das ist es", stimmte der Vortragende zu. Es ist aber wichtig, es beizeiten zu beanspruchen, ehe jemand anders auf die Idee kommt. Die Nordmark ist der Zugang zu den an Erzen reichen Bergen. Und Erz werden wir früher oder später dort fördern müssen, wenn wir in der Technologie weiterkommen wollen."

Zustimmendes Gemurmel erhob sich aus den Reihen der Zuhörer.

„Und es schadet ja nicht, dort die eine oder andere Ansiedlung zu errichten, um die herum Land für ein paar Höfe gerodet werden kann." Q'Thrandil blickte in die Runde. „Ich sage ja nicht, dass wir es sofort komplett besiedeln sollen. Aber festsetzen sollten wir uns dort schon einmal, um klar zu machen, dass wir es als unser Eigen betrachten."

„Was werden die Patrizier hier in Nadan dazu sagen", fragte Q'Rafn.

„Dasselbe wir in Nedemünde. Sie werden die Möglichkeiten wittern, die ihnen Siedler dort bringen werden. Sie werden Ausrüstung und Nahrungsmittel dorthin verkaufen und dabei eine Menge verdienen. Das wird sie so begeistern, dass sie auch dort gleich ihr Banner hissen werden", erklärte der Älteste.

Q'Yola kicherte. „Du hast echt eine Nase dafür, sie für Deine Pläne zu begeistern und einzuspannen", erklärte sie.

Der Mann nickte ihr zu und schmunzelte. „Für den Anfang würde ich vorschlagen, dass wir eine kleine Streitmacht dorthin schicken, um die Gegend auszukundschaften. Sie sollen nach einem geeigneten Ort für ein befestigtes Lager suchen, und in der Folge von dort aus Kundschafter aussenden, die prüfen sollen, ob da wirklich niemand sonst lebt. Wenn dem so ist, sollten sie auch nach Wegen in die Berge suchen."

„Wozu das?" Q'Aisa wirkte verwundert.

„Damit in den nächsten Jahren einige von uns, die sich damit beschäftigt haben, gefahrlos in das Gebirge gelangen und dort nach den Erzen suchen können. Es gibt einige, die wir für die Maschinen, die wir noch bauen werden, brauchen könnten. Eisen, Kupfer, Titan, Zink, Silber und noch ein paar andere. Vielleicht gibt es auch Gold, das wir den Menschen teuer verkaufen können. Oder Salz. Die Pfeffersäcke, die hier im Stadtrat der Menschen das Sagen haben, werden uns zum Dank die Füße küssen, wenn wir sie mit Salz handeln lassen."

Das Gelächter der Anwesenden klang ein wenig höhnisch.

„Das klingt ja alles recht gut und schön", meldete sich Q'Yola wieder. „Die Getreidespeicher sind aber nicht so gut gefüllt, dass wir davon viel für eine Unternehmung riskieren könnten, deren Ausgang keineswegs sicher ist. Das nächste Jahr könnte wieder eine mäßige bis schlechte Ernte bringen."

„Wir planen, Siedler für die Nordmark anzuwerben, wenn der erste Stützpunkt gesichert ist", erklärte der ältere Mann. „Sie werden sich mit etwas Glück im zweiten Jahr selbst versorgen können. Und ab da ist es mehr oder weniger ein Selbstläufer."

„Hm." Die Frau schien nicht recht überzeugt.

„Mich würde interessieren, was unser Krieger-Ältester dazu sagt", bemerkte Q'Mora mit ruhiger Stimme.

Der Angesprochene setzte sich auf seinem Teil der Bank an der Tafel auf. „Nun ja", erklärte er, „die Idee mit einer kleinen Erkundungs-Streitmacht haben Q'Thrandil und ich zusammen entwickelt. Der Wald ist abgelegen und schwer zugänglich, wenn man nicht von Nedellon aus dorthin geht. Im Norden ist das unpassierbare Gebirge. Im Wesen wird es von der Schlucht des großen Stroms begrenzt. Im Osten läuft es in tiefer gelegenes Buschland aus, das die Nachbarn, das sind die Lazar, nicht besonders schätzen. Die Büsche hindern sie daran, ihre schnellen berittenen Attacken vorzutragen, die sie so lieben, bieten Verteidigern aber viele Verstecke für Hinterhalte."

Q'Rafn räusperte sich und fügte dann hinzu: „Das sollte für eine junge Kriegergruppe eine gut zu bewältigende Aufgabe sein."

Er warf der Stellvertreterin des Ahnherrn einen kurzen Blick zu und sagte dann: „Insbesondere würde eine junge Kriegerin mit einer speziellen Begabung dort an einer Mission teilnehmen können, ohne in Gefahr der Teilnahme an direkten Kampfhandlungen zu geraten."

„Und zweifellos wäre die Heldin der Alten Brücke die geeignete Anführerin für eine solche Mission", gab Q'Mora schlagfertig zurück.

„Durchaus."

Jemand kicherte leise. Es war Q'Thrandil.

*

Am Morgen des dritten Tages, als die Beratungen beendet waren, standen die beiden Ältesten in Q'Moras Gemach und umarmten sich.

„Wie geschickt Du das eingefädelt hast, meine Blume", flüsterte Q'Thrandil seiner Geliebten ins Ohr.

Die sah ihn an und fragte: „Wieso?"

„Na, weil unser lieber Kommandeur recht hat. Dein Schützling ist jetzt Kriegerin, und sie muss ein paar Erfahrungen draußen in der Wildnis machen", erklärte der Mann.

„Bin ich denn so eine Glucke?", wollte seine Gefährtin von ihm wissen.

„Manchmal schon ein bisschen. Aber das liebe ich ja auch an Dir."

Die Frau grinste breit und schlug dann vor: „Du könntest über die Schlafperiode mal wieder hier bleiben."

„Ja, das haben wir aber eine ganze Weile nicht gemacht", entgegnete der ehemalige Elf.

„Es ist Winter, und mir ist kalt. Wir könnten uns gegenseitig wärmen."

Q'Thrandil lächelte ebenfalls breit und nickte zustimmend. Nach einer Weile flüsterte er seiner Geliebten ins Ohr: „Weißt Du, die Beiden erinnern mich manchmal an uns. Damals, am Anfang. Erinnerst Du Dich?"

„Wie könnte ich das je vergessen." Sie sah dem Geliebten wieder in die Augen und seufzte. „Davon kriege ich nie genug. Selbst nach tausend Jahren nicht."

„Sollst Du haben, meine Blume, soviel Du willst. Du hast übrigens recht, es ist wirklich kalt hier drin."

„Dann sollten wir uns schnell ins Bett legen."

Als die Beiden sich unter der dicken Decke zusammen kuschelten, erklärte Q'Mora ihrem Gefährten: „Ich glaube, es ist ganz gut, wenn Q'Maja eine Weile von hier weg ist. Ich muss die Entfernung vergrößern, in der ich mit ihr telepathischen Kontakt übe."

„Na, dann ist unsere kleine Expedition in die Nordmark ja genau das Richtige für sie", stellte der Mann fest. „Ich denke, wenn im Frühling die Schneeschmelze vorbei ist, wäre die geeignete Zeit."

„Und ich wüsste sie nirgends sicherer, als wenn Q'Kara die Gruppe anführt. Da bin ich gewiss, dass sie meine Kleine mit ihrem Leben verteidigen würde, falls etwas Unvorhergesehenes geschieht", antwortete die Frau.

„Na, die Beiden werden es uns danken, wenn sie solange beisammen sein können", erklärte Q'Thrandil. „Ich wäre es jedenfalls.

„Ach, Thran", erwiderte die Freundin. „Sei so gut und küss mich, bevor wir wieder einschlafen."

„Sind wir das beim letzten Mal?"

„Ich glaube schon."

„Ach, Mo."

Eine Weile war es still in dem Gemach.

„Thran?"

„Mhm", antwortete der ehemalige Elf schläfrig.

„Meinst Du, der andere Clan hat eine Chance?", wollte die Frau wissen.

„Welcher andere Clan?"

„Na, der auf Zeta Regina IV", präzisierte Q'Mora.

„Ach, meine Blume. Ich persönlich glaube, es sieht nicht gut für den aus", erwiderte der Gefährte.

„Warum glaubst Du das?"

„Mein Herzblatt, Du hast einmal diese wundervolle Metapher mit der Blumenwiese gewählt, um einer jungen Kandidatin zu erklären, was die Zyklen sind", erinnerte der Mann seine Geliebte. „Wenn ich die einmal weiterspinnen darf, dann sind wir nicht nur die junge Pflanze, die sich hier aus einem Samen entwickelt hat und später blühen und neue Samen bilden wird, die dann über die Wiese verstreut werden. Gleichzeitig lockern wir mit unseren Wurzeln auch noch den Boden auf, so dass andere Pflanzen nach uns besser wachsen können. Und das führt dazu, dass sie den nächsten unserer Samen, der an diese Stelle fällt, überwuchern werden und der Keimling kein Licht und keine Nährstoffe mehr bekommt. Jede Welt, auf der wir einmal waren, ist verloren für uns für einen zweiten Zyklus."

„Interessante Deutung", erwiderte die Älteste und kuschelte sich enger an ihren Geliebten an.

„Aber wahr, oder meinst Du nicht?", fragte er.

„Du hast wahrscheinlich recht."

„Wenn genügend Jahre vergangen sind, bleiben nicht mehr viele Plätze auf der Wiese, auf der noch Samen von uns gedeihen können. Ich glaube, dass wir uns langsam diesem Zeitpunkt nähern", fügte er hinzu.

„Das bedeutet also, dass eines Tages auch wir in dieser Lage sein könnten", flüsterte die Frau in sein Ohr.

„Nicht sein könnten, sondern wir werden es sein", berichtigte Q'Thrandil. „Aber solange Du bei mir bist, akzeptiere ich es."

„Wir sind zusammen jetzt durch zweieinhalb Zyklen gegangen, mein Herz", sagte Q'Mora. „Ich habe in all der Zeit nie daran

gedacht, dass es irgendwann auch einmal zu Ende sein könnte."
Sie streichelte das Gesicht ihres Liebsten vorsichtig.

„Bis jetzt hatten wir Glück", erwiderte der. „Hoffen wir, dass es noch ein paar Mal so bleibt. Die Chancen stehen allerdings nicht mehr so gut für uns. Wir waren hier, an diesem Ort auf dieser Welt, genau zum richtigen Zeitpunkt. Hier werden wir den Zyklus noch einmal vollenden können. Beim nächsten Mal könnte das schon schwieriger werden."

„Was werden die Armen vom Mondstaub-Clan nur machen, wenn sie durch Krieg oder Aufstände vertrieben werden?", überlegte Q'Mora.

„Sich irgendwo verstecken", mutmaßte ihr Gefährte. „Ich habe mir nie genau überlegt, was ich in so einer Lage machen würde. Ich bin mir nur sicher, solange noch ein Viruspartikel im letzten Qash dieser Galaxie überlebt, dann wird es sich weiter verbreiten wollen. Vielleicht mit veränderten Zyklen. Vielleicht werden wir auch Menschen oder Elfen unterwerfen, die nicht mehr im Mittelalter leben. Ich weiß es nicht. Ich weiß nur noch aus meiner Zeit bei den Elfen, das Leben findet einen Weg. Immer."

„Du schaffst es immer wieder, mich zu trösten", erwiderte die Frau. Sie drückte ihrem Geliebten einen zarten Kuss auf den Hals.

„Genießen wir das Gute, solange wir es haben", schloß der Mann die Unterhaltung und erwiderte den Kuss.

Zeit der Reife

Zweihundert Jahre später war das Refugium fertig erbaut. Neben dem Querflügel hatte es noch einen Hauptflügel bekommen, der im Westen durch zwei Türme abgeschlossen wurde.

Auf dem flachen Dach eines dieser Türme, die alle umliegenden Gebäude weit überragten, stand Q'Kara an einem Fernrohr und ließ ihren Blick in die weiten Fernen des klaren Sternhimmels über ihr schweifen. Ihre Beförderung zur Navigatorin lag schon einige Zeit zurück, doch das bedeutete nicht, dass sie für ihre Aufgabe innerhalb des Clans nicht weiter lernen musste.

Leise Schritte, unhörbar für einen Menschen, aber noch wahrnehmbar für die Qash, näherten sich von hinten. Jemand hatte die Mühe auf sich genommen, die lange Treppe ganz nach hier oben zu nehmen.

„Na, was siehst Du Dir da an?", erklang eine wohlbekannte Stimme.

Die Frau löste sich von dem Beobachtungsinstrument und drehte sich um, und schon lagen die Beiden sich in den Armen.

„Du bist zurück", flüsterte die Sternbeobachterin und drückte ihre Geliebte fest an sich.

„Ja." Q'Maja lächelte, weil ihr die Überraschung gelungen war.

„Mama konnte ich vorher schon telepathisch mitteilen, dass ich wieder hier bin, und sie hat auch vollstes Verständnis dafür, dass ich Dich zuerst sehen wollte."

„Du bist also direkt von der Tür hier herauf gekommen?", wollte die ältere der Frauen wissen.

„Mein Gepäck habe ich schon noch abgestellt", erklärte die Telepathin. „Und das hier mitgenommen, in Erinnerung an unsere Nächte auf dem Dach der Empore." Sie nahm ein Tuch von zwei Krügen mit Milch, die sie in einer kleinen, halbhohen Kiste trug.

„Ah, das ist sehr willkommen", erwiderte Q'Kara. „Die Nächte im Herbst können schon mal richtig kalt werden hier oben."

Sie nahm einen der warmen Krüge in beide Hände und trank einen kleinen Schluck. Q'Maja tat es ihr gleich.

„Wie war es denn, erzähl doch", sagte die Navigatorin schließlich zu ihrer Gefährtin.

„Ach, Sund ist zwar größer, aber auch nicht wirklich anders als Nadan. Das Meer fand ich interessant. Natürlich musste ich verschiedene Abendgesellschaften bei den Patriziern, die dort wichtig sind oder sich dafür halten, besuchen. Naja, Du weißt ja, balzende Gockel, kein Grund eifersüchtig zu werden."

Die jüngere Frau verdrehte die Augen und nahm einen weiteren Schluck, ehe sie weitererzählte.

„Dann ging es an der Küste entlang nach Süden. Ist ziemlich warm da, und die Sonne ist deutlich unangenehmer als hier. Ich musste mir einen Schleier besorgen, den ich unter der Kapuze vor dem Gesicht tragen konnte. Die Menschen, die in der Gegend leben, sind auch deutlich brauner als hier."

„Waren sie freundlich zu Dir?"

„Neugierig. Sie haben natürlich von uns gehört, und ich glaube, sie haben mich mit den Kriegern als Eskorte für eine Prinzessin oder so etwas gehalten."

„Für mich *bist* Du eine Prinzessin, mein Schatz", erklärte Q'Kara und sah der Frau tief in die Augen. Die lächelte erfreut und erzählte sogleich weiter.

„Von da aus bin ich mit dem Schiff noch weiter nach Süden und Osten gefahren. Ich muß zugeben, das Geschaukel hat mich etwas seekrank gemacht." Q'Maja senkte den Blick, und ihre Freundin wusste deshalb sofort, dass sie mehr als nur ‚etwas seekrank' gewesen war, sagte aber nichts dazu.

„Na, jedenfalls waren wir dann wohl endlich weit genug weg. Mama konnte ich aber immer noch telepathisch verstehen, und sie mich auch."

„Dann war die Expedition ja ein Erfolg."

„Ja, das war sie wohl." Die Telepathin zog ihren Umhang fester um sich. „Ist windig hier oben", bemerkte sie.

„Hab ich doch gesagt", erwiderte die Navigatorin.

„Die nächste Steigerung könnte sein, unsere Brüdern und Schwestern auf Zeta Regina zu kontaktieren", stellte die Besucherin kühn fest.

„Die ‚Hand der Königin' kann ich Dir zeigen, falls das hilft. Aber erzähl' doch erst Mal den Rest von Deiner Reise", erwiderte die Sternbeobachterin.

„Der Weg zurück war im Prinzip genauso, nur umgekehrt", berichtete die Rückkehrerin weiter. „Und ich habe von Sund aus einen Umweg gemacht, um dieses Fräulein von Holzwerder zu besuchen. Mama hatte mich darum gebeten."

„Sollte ich die kennen?", fragte Q'Kara vorsichtig.

„Hier sagen wohl alle ‚Adele' zu ihr, wenn es darum geht. Eine weitere telepathisch Begabte, die Mama entdeckt hat", erklärte ihre Geliebte. „Natürlich würden wir die gerne aufnehmen in unseren Clan."

„Kann ich mir vorstellen. Der Name klingt nach Landadel", bemerkte die ältere Frau und trank ihren Krug aus.

„Ja, ihr Urgroßvater war vermutlich noch ein einfacher Bauer, der arme Tropf, der das Amt des Dorfschulzen übernehmen musste, weil es keiner sonst machen wollte", bemerkte Q'Maja und schmunzelte. „Und heute ist die kleine Adele eine ‚von Holzwerder'. Schon komisch, wie Dinge sich verändern."

Sie wirkte kurz nachdenklich und setzte dann hinzu: „Adele ist aber nett und überhaupt nicht hochnäsig. Sie langweilt sich etwas in diesem kleinen Dorf und würde, glaube ich, lieber in eins der Tempelklöster gehen als sich zu Hause mit einem benachbarten Adeligen verheiraten zu lassen."

„Das könnte sie bei uns ja auch haben", stellte die Navigatorin fest. „Und, vielleicht wichtig für ihren Vater, wir würden nicht einmal eine Mitgift verlangen."

„Naja, der Papa macht sich schon Sorgen um seine Kleine", erzählte die Telepathin. „Er hat aber auch nicht genug Geld, um sie so üppig auszustatten, dass sie in einem der Klöster nicht nur die Dreckarbeit machen muss. Und ein potentieller Gemahl würde je nach Stand wahrscheinlich noch mehr verlangen."

„Ich denke, Q'Thrandil wird schon unterrichtet sein und wissen, wie er verhandeln muss", vermutete Q'Kara. „Er hat seinen Spaß an so etwas, und uns wäre ja wirklich damit geholfen."

„Ich hab Dich vermißt", sagte Q'Maja unvermittelt.

„Ich Dich auch, mein Schatz."

Wieder umarmten sich die beiden Frauen, und diesmal blieben sie länger in dieser Pose stehen.

„Wohnst Du eigentlich noch immer in der kleinen Nische auf der Empore?", fragte die Rückkehrerin leise.

„Mhm."

„Dabei sind jetzt so viele neue Gemächer fertig und frei. Sollte da nicht auch eins für unsere einzige Navigatorin dabei sein?"

„Ach, weißt Du", erklärte die Angesprochene langsam. „Ich hab hier oben viel Zeit verbracht, habe viel an Dich gedacht in all der Zeit, und darüber wohl das rein Irdische vergessen", legte sie sich eine Ausrede zurecht.

„So, so." Q'Maja sah ihre Liebste streng an. „Ich jedenfalls bekomme eines von den neuen Gemächern im Hauptflügel. Unten, im Erdgeschoß, neben dem Wandelgang."

„Na, da hat Mama aber für Dich gesorgt", bemerkte Q'Kara und schmunzelte. „Sollten das nicht alles Gemächer für die Krieger werden, immer zu viert oder so?"

„Nein." Die jüngere Frau sah ihre Freundin prüfend an. „Du könntest bei mir einziehen", sagte sie schließlich leise. „Das Gemach ist groß, zwar nicht so groß wie die von den Ältesten, aber ich brauche nicht allen Platz. Und ich möchte, dass Du, so oft es geht, bei mir bist."

„Ja, ich will", zitierte die Navigatorin die Worte aus einem uralten Ritual der Menschen.

„Wirklich?" Die Telepathin wirkte plötzlich erleichtert und holte tief Luft. „Habe ich Dir schon gesagt…"

„Ja, hast Du, mein Schatz", unterbrach die Geliebte sie. „Du brauchst keine Worte dazu. Ich Dich übrigens auch."

Zum dritten Mal lagen die beiden Frauen sich in dem kalten Wind auf der Turmspitze in den Armen.

„Von hier oben sieht man die Neustadt ja so richtig", bemerkte Q'Maja nach einiger Zeit. Sie nahm ihre Gefährtin an der Hand und zog sie mit zur südlichen Brüstung aus kunstvoll behauenem Stein.

„Die Stadt hat sich auf dem anderen Flussufer fast verdoppelt", stellte die Jüngere fest. „Es sieht alles so klein und friedlich von hier oben aus", erklärte sie und streckte die freie Hand aus. „Was ist das da?", fragte sie.

„Was?"

„Na, diese Erdwälle da hinten", setzte die Frau hinzu, „da, hinter der Stadtmauer."

„Ach das. Gräben und Wälle. Jemand von den Menschen hat das Schießpulver entdeckt. Und natürlich haben andere dann sofort herausgefunden, wie man eine Kanone damit füllen kann", beschrieb Q'Kara mit missmutiger Miene. „und sie haben natürlich auch herausgefunden, dass man damit schwere Steinkugeln auf Mauern schießen kann. Ich würde es ihnen am liebsten wegnehmen, wenn ich nur könnte."

„Und Erdwälle helfen dagegen?", fragte ihre Liebste leichthin.

„Ein dicker flacher Erdwall fängt die Kugel auf, bricht aber nicht davon", erklärte die ehemalige Anführerin einer kleinen Kriegergruppe. „Die Mauern sind jetzt jedenfalls nutzlos."

„Schützen müssen wir uns, und die Stadt auch. Q'Thrandil sagt immer, dass es früher oder später sowieso Ärger geben wird." Q'Maja stellte es bestimmt fest. „Und unser Großes Werk schreitet jetzt ja schneller voran."

Leichtfüßig wechselte die Telepathin von der südlichen zur östlichen Brüstung und zog ihre Freundin einfach mit.

Von hier fiel der Blick von oben auf das tiefer liegende Dach des Refugiums hinab. Hauptflügel und Ostflügel trafen sich in der Mitte mit den beiden Hälften des Querflügels. Auf dem Dach war dort eine kleine, leere Plattform angebracht, die so wirkte, als fehle dort noch etwas.

„Da wird es gebaut, nicht wahr?", sagte die jüngere Frau leise, fast als habe sie Respekt vor dem Ort.

„Na, das weißt Du doch so gut wie ich", antwortete die Navigatorin. „Dauern wird es allerdings schon noch eine ganze Weile. Das ist etwas anderes, als Holzplanken auf ein Gerippe zu nageln."

„Bei den Zyklen, ich weiß noch, wie lange ich mir das Hirn zermartert habe wegen dem Schiff", erzählte die Andere. „In den Erinnerungen, die ich vom Virus habe, ging es immer nur um ein ‚Schiff'. Und ich habe schlaflose Tage verbracht, weil ich nicht verstehen konnte, wie bei allen Viren der Welt wir ein Schiff aus dem Refugium hinunter zum Fluss bekommen sollen."

Sie lachte hell, wie Erwachsene über ihre Erinnerungen an das Unverständnis in der Kindheit lachen mochten.

„Dabei ist es ein Schiff, das zu den Sternen fliegen wird. Es wird natürlich vom Dach aus losfliegen. Und Du wirst das Steuerruder führen, meine Navigatorin", setzte sie hinzu.

„Und Du, meine Telepathin, wirst mit unseren Brüdern und Schwestern auf den anderen Planeten reden und ihnen sagen, dass wir unterwegs sind", erwiderte Q'Kara. „Wir werden zusammen zu den Sternen fliegen."

„Ja, wir fliegen zu den Sternen. Für immer zusammen." Q'Maja schmiegte sich an die Frau, die sie liebte, und der Wind fühlte sich nicht mehr kalt an.

Abflug

Noch einige Jahrhunderte später war der Bereich des Tempels, wie die menschlichen Bewohner die Gegend immer noch nannten, kein Ort mehr, an dem man sich gerne blicken ließ. Die bleichen Bewohner des größten Gebäudes der Stadt waren den Menschen fremd geworden. Man munkelte von verbotener Magie und finsteren Opferritualen, die hinter den Mauern vollzogen wurden. Gleichwohl nahm man gerne die Silbermünzen an, die die Qash für die Milch gaben, die ihnen noch immer gebracht wurde.

In einer Herbstnacht war der letzte der Türme auf dem großen Tempel endlich vollendet gewesen. Sogar ein Teil des Daches war abgetragen worden, um einer riesigen Glocke Platz zu machen, die unter dem spitzen und hohen Gebäudeteil hing. Was für ein Getöse würde ein so riesiges Geläut wohl hervorbringen? Die Menschen waren neugierig, doch sie bekamen nichts zu hören, und das Interesse ließ wieder nach. Man einigte sich darauf, das diese komischen Wesen eben verrückte Dinge taten und bauten, und widmete sich wieder seinen eigenen Geschäften.

Die Stürme, Vorboten des herannahenden Winters, gingen vorbei, und nichts geschah. Dann, in einer dunklen Nacht vor dem ersten Schnee, geschah das fürchterliche Unglück, das große Feuer, in dem das größte und höchste Gebäude dieses Teils der Welt für immer in Schutt und Asche versank.

„Endprüfung abgeschlossen. Alle Testprogramme sind durchgelaufen. Keine Fehler mehr", meldete Q'Kara in ihrem Konturensitz vor der Steuerkonsole in der Mitte der Brücke.

Q'Etu nickte und sah zu Q'Thrandil hinüber.

„Was macht das Wetter?" wollte er wissen.

„Noch immer dicke Wolken ab 300 Meter Höhe, aber nur schwacher Wind", meldete der ehemalige Elf. „Wenn wir noch bleiben, wird es wahrscheinlich anfangen zu schneien."

„Gut. Q'Sjofn?"

„Ja, Herr?"

„Sind alle anderen auf den Plätzen in ihren Kapseln?", wollte der Ahnherr wissen.

„Augenblick, ich überprüfe das", antwortete die Heilerin. Sie tippte mit flinken Fingern auf der Konsole neben der von Q'Kara, die etwas nervös wirkte. Nach und nach kamen die Rückmeldungen aus den Behältern, die die Fracht des Schiffes auf dem Dach des Refugiums bildeten. „Alle vollständig anwesend und in ihren Druckliegen", meldete die Frau schließlich dem Kommandanten des Schiffes.

„Danke. Dann soll Ingenieur Q'Kor die Verbindung zum Refugium trennen und die Luke verschließen."

„Aye, Captain", antwortete die Navigatorin an der Steuerkonsole und gab die Anweisung weiter.

An der Rückwand der Brücke saß Q'Mora mit geschlossenen Augen und dachte darüber nach, wie oft sie diese Prozedur inzwischen schon geübt hatten. Aber diesmal würde es ernst werden und keine Übung mehr sein.

„Q'Kara." Q'Etu sprach den Namen mit einer gewissen Endgültigkeit aus, als der Ingenieur bei ihnen auf der Brücke ankam und sich neben der Telepathin auf seinem Konturensitz anschnallte.

„Ja?", antwortete die Navigatorin.

„Es ist soweit." Der Kommandant hatte sein Mikrofon eingeschaltet, so das alle Insassen des schlanken Schiffes seine Worte hören konnten. „Brüder und Schwestern, heute ist der Tag gekommen, das Große Werk zu vollenden. Heute verlassen wir diese Welt, um andere Welten zu besäen. Wünschen wir uns Glück und Gelingen."

„Glück und Gelingen", brandete der Ruf durch die Brücke und die Saatkapseln des Schiffes.

„Startsequenz einleiten." Das bedeutete, es gab kein Zurück mehr, wusste der Ahnherr.

„Startsequenz wird eingeleitet in Fünf, Vier", zählte Q'Kara mit der Anzeige laut, „Drei, Zwei Eins, Jetzt!"

In der dunklen und kalten Nacht war keiner der Einwohner Nadans auf den Straßen von Nadan unterwegs. Das tiefe Grollen des zündenden Haupttriebwerkes unter dem Schiff warf jedoch fast alle Bewohner der Altstadt aus dem Schlaf. Zu sehen gab es gleichwohl noch wenig. Der Strahl der Abgase wurde durch weite Kanäle im Dachstuhl des Querflügels zu deren Giebeln geleitet, wo sie die steinernen Fensterrosen aus ihren Rahmen rissen. Das Poltern der herabfallenden Steine war im lauten Röhren des Triebwerkes jedoch nicht zu hören. Dann zündeten mit einem einzigen Knall die vier stählernen Zylinder der Feststoff-Boostertriebwerke, die seitlich am Schiff befestigt waren.

Spätestens jetzt war jedes Lebewesen in Nadan hellwach. Die gleißenden Flammen der Hilfstriebwerke schnitten das Dach des Refugiums auf wie ein heißes Messer einen Käsekuchen, und ein Inferno an Hitze und Feuer raste durch alle vier Dachstühle und setzte sie von Anfang bis Ende lichterloh in Brand. Fenster flogen heraus, und halbgeschmolzene Bleiplatten rissen vom Dach ab und wirbelten fort über die Stadt. Das Gewölbe der Vierung unter dem Haupttriebwerk gab dessen Schub endlich nach und stürzte ein, was den Flammen Zugang zum Inneren des Refugiums verschaffte. Die so lange bewunderten blauen Glasfenster zerbarsten in den wirbelnden heißen Gasen, die die Haupthallen füllten und das Zerstörungswerk fortsetzen.

Auf der Brücke hatte die Navigatorin die Hände an der Konsole. In dieser frühen Flugphase steuerte das Schiff sich selbst, da nicht einmal die Reflexe einer Qash schnell genug waren, auf eine mögliche Abweichung zu reagieren.

„Schub aller Triebwerke nominal", preßte Q'Kara heraus. Die starke Beschleunigung drückte die Frau wie alle anderen an

Bord mit einem Mehrfachen ihres Gewichtes in ihre Sitze. „Wir sind freigekommen. Treten in die Wolkendecke ein."

„Das hätten wir also geschafft." Q'Etu krächzte es nur unter der Belastung, die der Start seinem Körper zumutete.

Tief unter ihnen nahmen die wenigsten der Menschen, die aus den Fenstern sahen, das Leuchten in den Wolken über ihnen wahr. Die meisten hatten nur Augen für den gewaltigen Brand, der sich in dem großen Tempel ausbreitete. Es gab eine Abteilung der Stadtwache, die für die Bekämpfung von Feuer zuständig war. Doch ihre Versuche, den Großbrand in dem Gebäude mit ihren Eimerketten vom Fluß aus zu bekämpfen, wirkten eher rührend und hatten nicht viel Erfolg.

„Erste zwei Booster abgestoßen", verkündete Q'Kara auf der Brücke. „Wir sind jetzt etwa 40 Kilometer hoch. Verbleibende Triebwerke nominal."

„Danke", bemerkte der Captain, dessen Brust sich jetzt wieder leichter anfühlte. „Wo kommen die Dinger eigentlich runter?"

„Am Rand des Ostmeers", erwiderte die Navigatorin.

„Hoffentlich verletzten wir dort niemand", sagte der Kommandant mehr zu sich selbst.

„Ich glaube kaum", meldete Q'Thrandil sich. „Es ist noch zu früh dort. Da sind noch keine Fischer draußen."

„Ich wünsche ihnen Glück."

Einige Minuten später wurden auch die beiden verbliebenen Hilfstriebwerke abgeworfen. Das Hauptriebwerk, das sie bis in den Weltraum tragen würde, arbeite länger, hatte dafür aber nicht so viel Schub.

„Das Schlimmste haben wir hinter uns", bemerkte die Navigatorin. „Ich glaube, wir können jetzt einen Blick riskieren. Captain?"

„Ja, Q'Kara, ich denke auch. Sichtluken öffnen."

Die Besatzung der Brücke wurde mit einem grandiosen Anblick belohnt. Das Schiff hatte seine Flugbahn abgeflacht und beschleunigte jetzt fast parallel zum Horizont. Unter ihnen war noch Nacht, aber über der blauen Wölbung der Welt vor ihnen brach bereits der Morgen an. Wenn man die grellweiße Sonne mit der Hand abdeckte, konnte man in der grenzenlosen Schwärze dahinter die Sterne erkennen.

„Erreichen Orbitalgeschwindigkeit und beschleunigen weiter", meldete Q'Kara nach einem kurzen Kontrollblick auf ihre Instrumente. „Abstürzen können wir jedenfalls nicht mehr."
Der Kommandant quittierte es mit einem Nicken. „Lebewohl, Nedellons Welt", flüsterte er. Die Anderen bekamen es nicht mit.

Das verbleibende Triebwerk der Startstufe würde das Raumschiff noch ein paar Stunden lang weiter beschleunigen, bis seine Tanks leer waren. Die Qash legten Wert darauf, dass es nicht in irgend einer Umlaufbahn verblieb, sondern das Sternsystem verließ, wenn es abgeworfen worden war. Nur zu leicht konnte es sonst entdeckt werden, falls in ein paar Jahrhunderten eine der bestehenden Kulturen der Welt, die sie verlassen hatten, selbst Raumfahrt betrieb. Der Sprung in ein anderes Sternsystem erfolgte erst, wenn das Schiff in ein paar Wochen den äußeren Rand dieses Systems erreicht hatte. Das, was von den Menschen für Säulen an der Turmbasis gehalten worden war, bildete in Wirklichkeit eine Gruppe von vier Hyperdrives mit fest eingebauten Warpkernen. Der Sprung erzeugte beim Abflug eine starke Emission blauen Lichtes. Und auch diese wollten die Qash verborgen halten und warteten deshalb so lange damit, diese Sonne endgültig zu verlassen.

Q'Maja, die auf der anderen Seite als Q'Kor neben Q'Mora saß, konnte ihren Blick kaum von der unbegreiflichen Weite und ihrer langsam darin zurückbleibenden blauen Heimat lösen.
„Die Sterne", flüsterte auch sie, und nur ihre Ziehmutter hörte es und drückte ihre Hand. „Es ist wirklich wahr. Wir gehen zu den Sternen. Mit Dir, Mama, und Q'Kara, der Liebe meines Lebens. Ich hoffe so sehr, ich träume das nicht nur."

Natürlich nicht, hörte sie die Stimme der Ältesten in ihrem Geist, *ich mache das schon zum dritten Mal. Glaub mir, nächstes Mal wird es schon bedeutend weniger aufregend sein.*

Ach, Mama, erwiderte die Jüngere, *nun verdirb es mir doch nicht.*

Ich bin weit davon entfernt, Kind, lautete die Antwort.

Neuzeit

„Doktor Neumann, nicht wahr?" Der Gastgeber war aus dem Sessel hinter seinem wuchtigen Schreibtisch aufgestanden und dem Besucher ein paar Schritte entgegengekommen.

Der Raum war groß, altertümlich eingerichtet und so repräsentativ, wie es sich für den Leiter des Institutes für Archäologie der Universität Sund schickte.

Die Männer schüttelten einander die Hände, und der Professor stellte sich mit den Worten „Mein Name ist Amann" vor.

„Ich nehme an, Sie sind ein Kollege", setzte er noch hinzu, während er sich wieder auf seinem thronartigen Sitz niederließ.

„Nehmen sie Platz, bitte", forderte er seinen Besucher auf.

„Ganz recht", erwiderte der, als er saß, „ich arbeite bei der Stadtverwaltung von Nadan als Altertumsbeauftragter. Komischer Titel, das weiß ich, aber im Prinzip bin ich der Stadtarchäologe."

„Mhm", bemerkte Amann mit professoralem Wohlwollen.

„Ich habe mich an ein lange geplantes Projekt gesetzt: eine Ausgrabung am Tempelberg meiner Heimatstadt Nadan", erklärte der Besucher.

„Ist das nicht nur ein Haufen Bauschutt, angesammelt in Jahrhunderten?", brummte der Gastgeber.

„Ich habe das nie geglaubt. Dieser Streifen Land im Herz des Stadtkerns, und nur ein Abfallhaufen? Niemals. In anderen Städten hat man in so einer zentralen Lage Königspaläste gebaut. Ich könnte mir allerdings vorstellen, das es dort einmal ein prominentes Gebäude gab, das bei einer Katastrophe zerstört worden ist, und man den Platz zuerst aus Pietät nicht wieder bebaut hat. Erst spätere Generationen haben dann begonnen, ihren gewöhnlichen Schutt dort zu entsorgen."

„Könnten Sie diese These belegen?" fragte der Professor, und sein Blick wurde bohrend.

„Kann ich. Wir haben in Ost-West Richtung einen Graben durch den Berg angelegt. Die obersten Schichten waren nur eher neuzeitlicher Schutt, das ist wahr. Plus den Überresten der Bauten dieser Vier-Winde-Bewegung", erklärte er.

„Nenne sie das Pack lieber eine Sekte. Ein Glück, dass sie ihren Traum vom Übermenschen nicht verwirklichen konnten. Aber ich schweife ab, Herr Kollege. Bitte fahren sie fort."

Der Doktor lächelte. „Ich glaube, niemand mochte die."

Dann räusperte er sich und setzte seinen Bericht fort. „Wegen des vielen losen Schutts war es natürlich nicht so einfach, den Schnittgraben voranzutreiben. Als wir tiefer auf Schutt stießen, den wir aufgrund kleiner Keramikbruchstücke vorläufig in die Renaissance datieren würden, veränderte sich das zutage geförderte Material. Es waren eindeutig Trümmer eines großen Brandes. Wir fanden sogar Holzkohlereste, möglicherweise von Dachbalken. Und darunter – Fundamente. Reste eines Fußbodens großer Schönheit. Wir wissen noch nicht, ob das Gebäude, das wir dort nur zu einem kleinen Teil sehen, den gesamten Tempelberg umfasst hat. Aber ich halte es für möglich. Die Mauern sind jedenfalls beeindruckend stark."

„Und darum sind Sie hier, Herr Neumann, oder? Ich kann als Experte auf diesem Gebiet natürlich ihre Ergebnisse kritisch begutachten, wenn Sie das wünschen", bot Amann jovial an.

„Auch das würde ich sehr begrüßen", erwiderte der Besucher, „aber eigentlich gibt es noch ein weitaus bedeutenderes Fundstück. Wir haben in dem Suchgraben einen Eingang zu einer Krypta gefunden und natürlich freigelegt. Die Krypta allein ist schon eine Sensation, mit vier in den Felsgrund getriebenen Schächten. Vermutlich mittelalterliche Kühlschränke. So etwas kennen wir ja schon von anderen Ausgrabungen. Aber es gab dort auch ein Geheimversteck. Ein Steinblock zwischen zwei eng aneinander verlaufenden Teilen zweier Fundamente. Dort war ein schmaler Spalt, in dem offenbar jemand etwas ihm oder ihr Wertvolles versteckt hatte. Wir haben dort ein Fragment eines Gemäldes gefunden."

Dem Gastgeber sprangen bei diesen Worten beinahe die Augen aus den aufgerissenen Augen. „Haben sie es dabei?", hauchte er neugierig.

„Nein, es wird noch konserviert. Die Leinwand ist stark angegriffen. Aber ich habe hoch aufgelöste Scans gemacht. Ich habe sie auf meinem Laptop. Dauert nur einen Augenblick." Der Professor konnte seine Ungeduld kaum verbergen.

„Sehen Sie. Das ist der Teil, den wir retten konnten", sagte Neumann und drehte das Gerät zu seinem Gastgeber.

Zu sehen war das Gesicht einer jungen Frau mit kurzen Haaren. Was sofort ins Auge fiel, sie war sehr bleich und hatte kurze, vollkommen weiße Haare. Die Augen waren blaßblau und blickten den Betrachter mit einer gewissen Überlegenheit an. Bekleidet war die Gestalt mit einer Art von schwarzen Robe, die den Körper vollkommen verbarg. Leider war nur wenig mehr als ein Portrait erhalten geblieben. Das Gemälde hatte aber mit einiger Sicherheit früher die ganze Person gezeigt.

Der Professor runzelte die Stirn. „Und es ist sicher, dass das nicht mit dem Schutt aus der Renaissancezeit da runter gekommen ist? Das sieht ja fast aus wie von einem der Alten Meister", erklärte er.

Der Doktor seufzte. „Das haben wir zuerst auch gedacht. Aber der Spalt, in dem es versteckt war, hatte eine Abdeckplatte. Wir haben es zuerst für ein Grab gehalten."

„Haben Sie Datierungen machen können?"

„Radiokarbon, mit Fasern aus der Leinwand und Firnisresten. Mehrfach, weil wir es auch nicht fassen konnten. Das Ergebnis war spätes Frühmittelalter, in allen Fällen."

„Kaum zu glauben. Da hat entweder jemand unglaublich geschickt gefälscht, oder Sie haben eine archäologische Sensation gefunden. Falls das echt ist, haben wir einen einzelnen frühen Meister, der den anderen um Jahrhunderte voraus war", stellte der Professor fest.

„Deswegen bin ich ja hier", erklärte der Besucher. „Mein Team und ich, wir können es eigentlich auch nicht glauben. Es ist wie dieses Märchen, das man in meiner Heimat den Kindern erzählt."

„Lokale Märchen enthalten oft ein Korn Wahrheit", antwortete Amann nebenbei. Er war sehr damit beschäftigt, Teile des Bildes in maximaler Auflösung zu betrachten.

„Gut, dann erzähle ich es Ihnen zusammengefasst", bot Neumann an und begann.

„In dem Märchen wird beschrieben, wie die Stadt Nadan von Feen gegründet worden ist. Sie wohnten mitten in der Stadt in einem großen Schloß und waren gütige und weise Herrscher. Man sagt, dass sie ganz weiß waren und sich zum Schutz vor dem Tageslicht in dicke schwarze Roben wickelten, wenn sie nicht in ihrem Schloß waren. Das Märchen beschreibt viele Abenteuer der Feen und endet damit, dass sie verschwunden waren und nie mehr zurückkehrten, nachdem bei einem großen Feuer ihr Schloß niedergebrannt war."

„Dann hat unser unbekannter früher Meister wohl seinen Traum von einer dieser Feen auf die Leinwand gebracht", erklärte der Gastgeber. „Obwohl die Details der sichtbaren Teile etwas anderes erzählen. Das Grübchen da am Hals. Oder die kleine Falte am Ohrläppchen. Das sieht schon sehr nach einem Modell aus."

„Ganz genau das hat uns auch verunsichert", gab Doktor Neumann zu. „Es ist einfach zu schön, um wahr zu sein."

„Was ist das da?" Der Professor zeigte auf ein Stück des Bildes mit einer Art Muster. „Haben Sie das noch größer?"

„Aber sicher." Der Besucher griff nach seinem Computer und bearbeitete die Tastatur etwa eine Minute.

„Das müsste es sein. Könnte eine Andeutung eines Wandornamentes im Hintergrund sein."

Amann warf dem Doktor einen Blick zu, unter dem jeder seiner Studenten zu einem Häufchen Elend zusammengeschmolzen wäre, und widmete sich dann in voller Konzentration dem vergrößerten Bildabschnitt.

„Kann man den Kontrast verstärken?", wollte er wissen.

„Na klar…"

Tasten klickerten.

„Dachte ich's mir doch", stellte der Professor fest. „Quintilische Runen."

„Ich bitte um Verzeihung, aber davon habe ich noch nie gehört...", erwiderte der Besucher kleinlaut.

„Können Sie auch nicht. Mein Doktorand und ich arbeiten noch an der Veröffentlichung, die schon längst fertig sein sollte. Aber in diesem Laden hier kommt man ja zu nichts vor lauter Fakultätssitzungen", schimpfte der Institutsleiter vor sich hin.

„Woher kommt der Name?", fragte Neumann knapp.

„In den Archiven unter ein paar der alten Patrizierhäuser hier in Sund haben wir Dokumente auf Pergament gefunden. Nichts Bahnbrechendes, eher gewöhnliche Handelsverträge. In einem davon ist vom Salzhandel mit Partnern im Norden die Rede, die ihrerseits den Vertrag mit ,runas quintili' gegengezeichnet haben. Wir haben bei weiterer Suche noch mehr solche Runenzeichen auf einigen Dokumenten entdeckt."

„Und das da sind solche Runen?" Jetzt wurde der Doktor aufgeregt.

„Ja, und da bisher noch niemand davon wusste, müsste ein möglicher Fälscher wohl ein enger Mitarbeiter von mir sein. Das schließe ich kategorisch aus." Amann lehnte sich zurück.

„Können Sie das lesen?" Neumann zeigte fast flehend auf die Runen in seinem Bildauschnitt.

„Wir sind mit der Entzifferung noch nicht so weit gekommen", erklärte der Professor. „Ich erkenne nur eine Rune, diese da. Ein Silbenzeichen, das vermutlich ,Ma-' bedeutet. Der Schnörkel darüber ist ein diakritisches Zeichen, das auch anderswo vorkommt. Es könnte bedeuten, das dies der Anfang eines Namens ist."

„Wer sie wohl war", sagte der Besucher mehr zu sich selbst. Er hatte in der Zwischenzeit wieder das komplette Fragment auf den Bildschirm geholt.

„Wenn das nach einem realen Modell entstanden ist, dann litt es unter einer schweren Form von Albinismus", warf der Professor ein. „Eigentlich unwahrscheinlich. In der fraglichen Zeit hätte man ein Neugeborenes mit solchen Anzeichen ausgesetzt. Die Kindersterblichkeit war ja ohnehin hoch."

„Ja, ich weiß." Der Besucher blickte auf. „Wenn wir ernsthaft etwas darüber veröffentlichen wollen, müssen wir es wohl als Phantasie des Künstlers von einer Fee beschreiben. Wir machen uns sonst nur lächerlich. Das wird niemand glauben wollen. Ich kann es ja selbst kaum glauben."

„Das sehe ich auch so, Herr Kollege", entgegnete der Gastgeber. „Obwohl ich durch die Entdeckung der quintilischen Runen den Hinweis auf ein noch unbekanntes Volk in der Zeit des Frühmittelalters in den Händen halte. Und das könnte durchaus der wahre Kern Ihrer Feenmärchen sein."

„Ich stimme Ihnen natürlich zu. Es ist aber sehr schade, in der heutigen Zeit nicht mehr träumen zu dürfen."

NACHWORT

Eigentlich war dieses Buch überhaupt nicht geplant. Ich habe zwar früher schon Vampirgeschichten geschrieben, aber richtig warm geworden bin ich damit nie. Selbst Dara von Brackenburg ist nur als Resteverwertung in den „Renegatinnen" gelandet. Natürlich habe auch ich die Klassiker der Gothic Novels gelesen. Ehrlich gesagt gefällt mir nur eine einzige davon wirklich gut, nämlich „Carmilla" von Sheridan LeFanu. Die Geschichte, von der man sagt, sie habe Bram Stoker zu „Dracula" inspiriert. Alles, was neuer ist, ist nach meinem Gefühl nur ein billiger Abklatsch davon, angefüllt noch mit leicht verkäuflicher Erotik. Ich finde es allerdings nicht erotisch, das Blut von jemand abzulecken. Und umso mehr verstehe ich nicht, was die Vampire davon haben, da sie sich ja, wie in vielen Geschichten belegt, vollkommen anders als die Sterblichen vermehren. Dies war der Ausgangspunkt. *Werfe ich doch mal alles über Bord*, dachte ich, *und dann sehen wir, was noch übrig bleibt.* Eine Spezies, die sich durch Übertragung eines nicht näher festgelegten Faktors auf jemand anderes fortpflanzt, hat schlicht keine Verwendung für Sex und Erotik. Was anders herum aber nicht bedeutet, dass sie nicht Liebe empfinden kann. Das eine ist für das andere weder notwendig noch hinreichend. Und Blut ist, rein wissenschaftlich betrachtet, zur Ernährung nicht sehr gut geeignet. Viel besser wäre Milch. Die Jungen von Säugetieren müssen schnell wachsen, um eine Chance zum Überleben zu haben, und deshalb ist Milch eine wahre Bombe an Nährstoffen. Sie enthält alles, bis hin zu Spurenelementen, was ein Körper zum Wachsen und Gedeihen braucht. Trotzdem müsste ein Qash, bezogen auf das Körpergewicht, zwischen zwei und vier Liter davon jeden Tag trinken. (Ich rate selbst weißen Mitteleuropäern mit der Mutation, die sie zum Verdauen von Milchprodukten im Erwachsenenalter überhaupt befähigt, dringend davon ab, das auszuprobieren!)

Das war der Punkt, an dem die Logistik wichtig wurde. Eine solche Menge Milch muss nämlich auch schnell transportiert werden, damit sie unterwegs nicht sauer wird. Gerade in einem mittelalterlichen Umfeld.

Das kleine Gedankenspiel, nicht mehr als eine Textdatei mit ein paar Notizen darin, begann sich an dieser Stelle zu verselbstständigen. Ehe ich mich versah, hatte ich ein Kastensystem bei den Qash, in dem die unteren Kasten für Ver- und Entsorgung zuständig waren. Auf den Bauernhöfen entstanden die Lehnsherren, die die Produktion der Milch überwachen. Und dann war da der *Faktor*, der übertragen werden muß, um einen neuen Qash zu erzeugen. Warum nicht ein Riesenvirus? Es könnte eine gewaltige Menge Informationen in seiner DNA speichern, die den Qash sozusagen angeboren sind. Leser, die sich in der Biochemie dieser Viren besser als ich auskennen, bitte ich an dieser Stelle um Nachsicht; dies ist *Fantasy*, und da funktioniert das so, wie ich es beschrieben habe, selbst wenn es in der realen Welt anders ist. Genauso wie bei Magie.

Schon war ich bei *„tausche Milch gegen technologisches Wissen"* angekommen. Der Rest ergab sich mehr oder weniger von selbst, und irgendwann hatte ich so viele Handlungsfragmente im Kopf, dass mir klar wurde, ich muss das aufschreiben. Sonst wäre irgendwann alles weg gewesen.

So entstehen manche Bücher.

Wer sich bei der Beschreibung des Refugiums an eine mittelalterliche Kathedrale erinnert fühlt, liegt damit gar nicht so falsch. Das sind großartige architektonische Meisterwerke des Mittelalters, die ich an dieser Stelle ohne ihren üblichen religiösen Kontext einbringen wollte.

Zur Aussprache der Namen: im Deutschen gibt es kein einzeln stehendes „Q" in Worten, nur „Qu". Wer allerdings in der Schule (wie ich) Französischunterricht genossen hat, erinnert sich sicher noch an das französische Wort für Fünf, „cinq". Mein damaliger Lehrer hatte seine liebe Not, uns beizubringen, wie man das „q" am Ende ausspricht. Mir kam es immer so vor wie „k", nur rückwärts oder hinten in der Kehle. Kurz gesagt, „Qash" spricht man eher „Kasch" als „Quasch". Leser mit Latinum können übrigens beruhigt sein: „Runas Qintili" soll kein Latein sein. Weder Nedellon noch Sund liegen auf der Erde, es gab hier also gar keine Römer. Die Ähnlichkeit zu lateinischen Worten ist gleichwohl beabsichtigt, um beim Leser eine bereits im Mittelalter nur noch von einigen Gelehrten beherrschten alten Sprache zu implizieren.

Meinen Dank möchte ich an dieser Stelle zuerst Frau Barbara Wedekind aussprechen, die für mich die ersten 30 Seiten als Testleserin unter die Lupe genommen hat und mir Mut gemacht hat, weiterzuschreiben. Ebenfalls danke ich meiner Lebenspartnerin wie immer für die Geduld, die sie mit mir hat, wenn ich einen *Schreibanfall* bekomme. Mein Schatz, ohne Dich könnte ich all das nicht in Worte fassen, und dafür bin ich Dir unendlich dankbar.

Köln, im Oktober 2024

~Diane Neisius.